青春咖啡馆

[法] 帕特里克·莫迪亚诺 —— 著

金龙格 —— 译

PATRICK MODIANO

Dans le café de la jeunesse perdue

人民文学出版社
PEOPLE'S LITERATURE PUBLISHING HOUSE

著作权合同登记号：图字 01-2021-7335

图书在版编目（CIP）数据

青春咖啡馆 /(法)帕特里克 · 莫迪亚诺著;
金龙格译.--2版.--北京:人民文学出版社, 2017（2024.1重印）
（莫迪亚诺作品系列）
ISBN 978-7-02-013560-8

Ⅰ.①青… Ⅱ.①帕… ②金… Ⅲ.①中篇小说－法国
－现代 Ⅳ.①I565.45

中国版本图书馆CIP数据核字(2017)第303013号

责任编辑　黄凌霞
特约策划　何炜宏
装帧设计　汪佳诗

出版发行　人民文学出版社
社　　址　北京市朝内大街166号
邮政编码　100705

印　　制　山东新华印务有限公司
经　　销　全国新华书店等

字　　数　80千字
开　　本　889毫米×1194毫米　1/32
印　　张　4.75　插页 4
版　　次　2010年5月北京第1版　2017年1月第2版
印　　次　2024年1月第4次印刷

书　　号　978-7-02-013560-8
定　　价　45.00元

Dans le café de la jeunesse perdue

在真实生活之旅的中途，我们被一缕绵长的愁绪包围，在挥霍青春的咖啡馆里，愁绪从那么多戏谑的和伤感的话语中流露出来。

——居伊 · 德波*

* 居伊 · 德波，1930 年 12 月 28 日生于法国巴黎，1994 年 11 月 30 日于法国奥弗涅自杀身亡，是国际情境主义（简称 SI，一译国际境遇主义）的创始人和理论贡献者，当代法国著名思想家、“新影像先锋之父”、实验电影大师，其思想曾对 1968 年的法国青年学生运动“五月风暴”产生过巨大影响，代表作为《景观社会》。——本书脚注均为译者注

那家咖啡馆有两道门，她总是从最窄的那扇门进出，那扇门人称黑暗之门。咖啡厅很小，她总是在小厅最里端的同一张桌子旁落座。初来乍到的那段时光，她从不跟任何人搭讪，日子一长，她认识了孔岱咖啡馆里的那些常客，他们中的大多数人跟我们年纪相仿，我的意思是说，我们都在十九到二十五岁之间。有时候，她会坐到他们中间去，但大部分时间里，她还是喜欢坐她自己的那个专座，也就是说坐最里端的那个位子。

她来咖啡馆的时间也不固定。有时，你会发现，她早晨一大早就坐在那里了。要么，到午夜时分，她才出现，然后在那里一直待到咖啡馆打烊。在这个街区，这家咖啡馆还有布盖和拉贝格拉是关门最晚的，但孔岱却云集了最千奇百怪的顾客。岁月流逝，我常常不由自主地问自己，是否仅仅因了她的存在，才使得那家咖啡馆和那里的人都显得那么异乎寻常和与众不同，仿佛她用自己的芬芳把他们都浸透了。

我们来做个假设，假设有人用一块布条蒙住你的眼睛，把你带到那里，让你在一张桌子旁边坐下，然后揭掉蒙眼布，给你几分钟时间来回答这样一个问题：你现在是在巴黎的哪一个街区？这时候，你可能只要观察一下周围的邻座，听一听他们的谈话内容，随即便能猜出：是在奥黛翁交叉路口的附近地区，在我的想象中，这个地区下雨天总是灰蒙蒙的一片。

有一天，一名摄影师走进了孔岱。从外表上看，他跟店里的顾客没有任何分别。同样的年龄，同样的不修边幅。他穿着一件对他来说太长的上衣，一条平纹布裤子和一双肥大的军用皮靴。他拍摄了大量经常光顾孔岱的那些客人的照片，然后他自己也变成了一个常客，如此一来，在其他人看来，他拍的好像是全家福。后来，这些照片登在一本以巴黎为主题的摄影画册里出版，照片下面的说明文字很简单，只列有这些顾客的名字或者外号。她在好几幅照片中都出现过。就像电影中常说的那样，她比其他人都上镜。在照片上的所有的人当中，读者最先注意的是她。在摄影画册页脚的说明文字中，她的名字是“露姬”。“从左到右分别是：扎夏里亚，露姬，塔尔赞，让－米歇尔，弗雷德和阿里 · 谢里夫……”“近景，坐在吧台边的是：露姬。在她身后是：安妮特，堂 · 卡洛斯，米海依，阿达莫夫和瓦拉医生。”她站得直挺挺的，但其他人的姿势却很随意，比方说，那个名叫弗雷德的人甚至把头靠在那张仿皮漆布长椅上呼呼睡着了，很显然，他已经好几天没刮胡子。有一点必须明确：露姬的名字是在她开始频繁光顾孔岱的时候，别人给起的。有一天晚上，临近午夜时分，她走了进来，当时我也在场，店里只剩下塔尔赞、弗雷德、扎夏里亚和米海依，他们都坐在同一张桌子边。塔尔赞大叫起来：“哎呀，露姬来了……”起初，她显得有些惶恐，但没过多久她的脸上便绽出了微笑。扎夏里亚站了起来，装出一副很庄严的口气说道：“今天晚上，我为你命名。从今往后，你名叫露姬。”久而久之，他们当中所有的人都叫她露姬，我现在想来，她有了这个新的名字之后，反倒觉得放松了。是的，是放松了。实际上，我越往深里想，越能找到我最初的印象：她到孔岱这里，是来避难的，仿佛她想躲避什么东西，想从一个危险中逃脱。见她坐在最里头，坐在那个谁也不会注意到她的位置时，我就有了这种想法。当她混杂在其他人中间时，并不引人注目。她总是一言不发，谨小慎微，甘当他们的听众。我甚至觉得，为了更加安全起见，她喜欢呆在熙熙攘攘的人群之中，宁愿和那些“大嘴巴”混在一起，否则的话，她不可能几乎总是坐在扎夏里亚、让－米歇尔、弗雷德、塔尔赞和拉欧巴那一桌……和他们在一起，她便融入到整个布景当中，只是他们当中的一个无名的哑角，一个无关紧要的人物，在照片的说明文字会这么标注：“名字不详”，或者简明扼要地写上“某某”两个字。是的，她刚开始在孔岱出现的时候，我从未见过她与什么人有亲密的关系。从那以后，其中的一个大嘴巴在后台叫她露姬便没有任何妨碍，因为这不是她的真实名字。

不过，只要仔细观察，就会发现她在一些细节方面跟其他人截然不同。她的衣着非常讲究，跟孔岱的其他客人形成鲜明的反差。一天晚上，她坐在塔尔赞、阿里·谢里夫和拉欧巴的那张桌子，点了一支烟，她那修长的手指让我心头为之一震。尤其让我吃惊的是，她的指甲熠熠闪亮。指甲上涂着无色指甲油，这个细节也许显得微不足道。那我们还是言归正传吧。为此，我们必须具体介绍一下孔岱里的常客。他们那时的年龄在十九到二十五岁之间，只有个别的客人，像芭比雷、阿达莫夫和瓦拉医生差不多五十岁了，但是大家忘记了他们的年龄。芭比雷、阿达莫夫和瓦拉医生都忠贞不贰地坚守着自己的青春，坚守着人们或许称之为“浪子”的这个陈旧过时但悦耳动听的雅号。我在词典里查阅“浪子”的含义：指四处漂泊、居无定所、放荡不羁、无忧无虑的人。这个释义倒是很适合这些经常出入孔岱的男女。他们中的一些人，譬如塔尔赞、让－米歇尔和弗雷德，都声称自己从青少年时代起就屡屡和警察打交道，而拉欧巴十六岁的时候就从善心巴斯德少年犯教养所里逃了出来。但是，大家都在左岸，他们当中的大多数人都在文学和艺术的庇护之下。我呢，我在那里上学。我不敢把我上学的事情告诉他们，我并没有正儿八经地融入到他们的那个圈子里面。

我确实感觉到了她和其他人不一样。在别人给她起那个名字之前，她在哪里？她是从哪里来的？那些经常光顾孔岱的客人手上总会拿着一本书，他们会把书随手丢在一张桌子上，封面上沾满了酒渍。《马尔多罗之歌》①、《灵光集》②、《神秘的街垒》③。但是，刚开始的时候，她总是空着一双手。后来，她可能想仿效别人，有一天，我万万没有想到，我在孔岱看见她独自一人在那里阅读。从那以后，她就手不离卷了。她和阿达莫夫等其他人在一起的时候，爱把书放在桌子上很显眼的位置，仿佛这本书就是她的通行证或者居留证，可以使她合法地留在他们身边。

---

① 法国作家洛特雷阿蒙的作品。

② 法国诗人兰波的著名诗集。

③ 美国诗人杰瑞德 · 卡特的作品。

但是，没有人注意到这一点，阿达莫夫、芭比雷、塔尔赞和拉欧巴，他们谁也没留意。那是一本口袋书，封面已经很脏了，是那种从塞纳河边的旧书摊上淘来的书，封面上用大号红色字母印着《消失的地平线》[①]几个字。在那个时候，这本书没有让我产生任何联想。我本该问她这本书写的是什么主题，但是我当时愚不可及地对自己说，《消失的地平线》对她来说只是一个装门面的东西，她装模作样地阅读这本书，其目的就是要和孔岱的顾客步调一致，融入到他们中间。对于这帮客人，一个偷偷从外面瞟一眼甚至趴在玻璃窗上往里面瞅一眼的行人会把他们当成普普通通的大学生顾客。但是，一旦看见这些人在塔尔赞、米海依、弗雷德和拉欧巴的那张桌子边豪饮，他马上就会改变看法。在拉丁区那些静悄悄的咖啡馆里，客人们可能永远都不会这么酗酒。当然，在下午的那些休闲时刻，孔岱可能会使人产生错觉。但是，随着夜幕降临，那里就变成了一个多愁善感的哲学家称之为"挥霍青春的年轻一代"的相会之地。为什么选定这家咖啡馆，而不是另外一家？这里有老板娘的因素，老板娘夏德利太太好像对什么事都见怪不怪的，对她的客人甚至表现出一定程度的宽宏大量。

---

① 英国作家詹姆斯 · 希尔顿的小说代表作，他在书中描绘的"香格里拉"，后被代指人人向往的世外桃源。

许多年之后，这个街区的街道上只能看见那些豪华商店的玻璃橱窗了，孔岱咖啡馆的地盘给一家皮件商店占据了，有一天，我在塞纳河的另一边，在布朗西街的坡道上遇见了夏德利太太。她并没有一眼就认出我来。我们一起肩并肩地走了好一阵子，边走边聊着孔岱。她的丈夫是阿尔及利亚人，战后购置了地产。她还记得我们所有的人的名字。她心里常常惦记，不知道我们都过得怎么样了，但她不抱什么幻想。打一开始，她就知道，我们的境况会非常糟糕。就像街头的一些流浪狗，她对我说道。我们在布朗西广场的那家药店前面分手的时候，她直视着我的眼睛，直言不讳地对我说："我嘛，那个时候我最喜欢的人，是露姬。"

当她走到塔尔赞、弗雷德和拉欧巴的桌前时，她也跟他们一样开怀畅饮，还是假装喝酒，免得惹他们不高兴？无论如何，她把上身挺得笔直，动作慢条斯理，很是优雅，嘴角上挂着一丝几乎察觉不出来的微笑，她的酒量很大，可不是一般的会喝酒。在吧台那里，做手脚会更容易一些。你的那伙朋友已经醉醺醺的了，你可以趁他们不注意的当儿，把杯子里的酒倒进洗涤槽里。但是，在孔岱咖啡馆的任何一张桌子边，想作弊就难了。纵酒作乐的聚会上，他们会逼你一起喝。这个时候，倘若你不遵照他们所说的、奉陪他们"畅游到底"，他们就会疑神疑鬼，就会觉得你没有资格留在他们的圈子里面。至于其他的有毒物质，我虽然不是很确定，但还是感觉到露姬一直在和圈子里的一些人一起吸食。然而,从她的目光和神态中看不出她在“参观人造天堂”，看不出服用毒品给她带来的快感。

我经常琢磨，她第一次走进孔岱之前，是不是听什么熟人跟她说起过这家咖啡馆。或者，是不是有人跟她约过在这家咖啡馆里见面却又爽约了。于是，她日复一日、夜复一夜地苦守在那张桌子旁，指望在这个地方再见到他，因为这里是她和那个陌生人之间惟一的方位标。没有任何其他联络方式。没有地址。没有电话号码。只有一个名字。但是，她也可能像我一样，只是偶然地、无意识地走进这家咖啡馆的。她到了这个街区，想找个地方避雨。我素来相信，某些地方就像磁铁一样，假如你在附近行走，就会被吸引过去。这种吸引的方式你不会察觉，甚至都没有料想到会发生这种事情。只需要一个上坡的街道，一条洒满阳光的人行道或者一条隐没在阴影中的人行道，就足够了。或者一场瓢泼大雨突如其来。这些因素都能把你带到那里，带到那个你必然会不知不觉停下来的明确的地点。在我看来，孔岱因为所处的地理位置特殊，便有了这种磁力，假如有人计算有多大的概率，算出来的结果肯定能够证实这一点：在一个相当宽阔的区域里，人们免不了会偏离原来的方向，身不由己地朝它走去。这方面的事情我还是略懂一些的。

这个圈子里有一个人名叫保龄,但我们都叫他“船长”,他铤而走险地做着一件其他成员都赞同的大事。他记下了快三年以来光顾孔岱咖啡馆的那些客人，他们每一次进来的日期和确切的时刻。他还派了两个朋友到布盖和拉贝格拉执行同样的任务，那两家咖啡馆通宵达旦地对顾客开放。可惜的是，两家咖啡馆里的顾客并不是个个愿意把自己的姓名都说出来。说到底，保龄是想把在某些时刻围着一盏灯转悠的那些飞蛾铭记下来，以免被人遗忘。他说，他梦想拥有一本巨大的花名册，可以记下一百年来巴黎所有咖啡馆里的顾客的名字，并标明他们相继到来和离开的时间。这些被他称为“固定点”的东西时时纠缠着他。

女人、男人、孩子和狗组成的人潮像汹涌的波涛，他们熙来攘往，川流不息，最后在长长的大街上销声匿迹，在这些人潮之中，我们时不时地希望记住一副面孔。是的，在保龄看来，必须在大都市的漩涡中心寻找一些固定点。后来，他去了国外，出国之前，他把那个本子交到我手上，本子里整整三年一天不落地记录了孔岱咖啡馆里的顾客名字。她在本子上的名字只是外号露姬，某年的一月二十三日她第一次被提到。那年冬天格外的天寒地冻，我们中间的一些人整天都猫在里面御寒。船长把我们的地址也记了下来，如此一来，我们可以想象我们每个人来孔岱的常规行程。对保龄来说，这又是建立固定点的一种方式。她本人的地址并没有被他立即记录下来。直到三月十八日，我们才读到这些文字：“十四点钟。露姬，十四区，费尔马街16号。”但是，同一年的九月五日，她变更了地址：“二十三点四十分。露姬，十四区，塞尔街8号。”我猜想，保龄一直在一张大幅的巴黎地图上画着我们前往孔岱的路线，为此，这位船长使用的是不同墨水的圆珠笔。也许，他想知道在我们在抵达这个目的地之前，彼此是否有机会在路途中相遇。

的确有机会相遇的，我还记得有一回我就在一个街区碰到露姬，我到那里拜访我父母亲的一个远房表弟，但我并不熟悉那个地方。从他家走出来之后，我朝马约门地铁站走去，然后我和她在大军林荫大道的尽头不期而遇。我盯着她看了好一阵子，她也忐忑不安地注视着我，仿佛她在做坏事时被我突然撞见一样。我向她伸出手，说道：“我们在孔岱见过。”才说完，我猛然觉得这家咖啡馆在世界的另一头。她局促地笑了笑：“的确没错……在孔岱……”那是在她第一次去孔岱之后不久就发生的事情。她还没与其他人混熟，扎夏里亚还没有给她起“露姬”那个名字。“孔岱，好奇怪的咖啡馆，不是吗？”她点了点头，同意我的说法。

我们一起走了一段路程，她告诉我她家就住在附近，但是她一点也不喜欢这个街区。我也真够蠢的，那一天我原本可以弄清楚她的真名实姓。然后，我们在马约门的地铁入口前面分手，我看见她朝诺伊利和布洛涅森林走去，步子越来越慢，仿佛她想给别人一个机会把她挽留住。我以为她再也不会去孔岱了，以为今生今世永远也不会有她的音信了。她会消失在保龄所谓的“大都市的无名者”之中；那个本子上的每一页纸他都记满了名字，他声称在为此作斗争。那是一个有一百九十页的红色塑料封皮的克莱尔封丹牌[①]笔记本。但是，说老实话，这件事收效不大。假如你去翻阅这个本子，除了那些名字和那些暂住的地址外，你对包括我在内的所有这些人的情况一概不知。也许“船长”认为把我们的名字记录下来，把我们“固定”在某个地方，已经够了不起了。至于其他的……在孔岱，我们都不会打探各自的来历。我们都太年轻，我们没有什么过去需要公开，我们生活在当下。连阿达莫夫、芭比雷或者瓦拉医生这几个上了年纪的顾客，他们也从不对自己的过去做任何暗示。能待在那里，待在我们中间，他们就心满意足了。只是到了今天，经历了那么多日子之后，我才感觉到一丝遗憾：我本可以希望保龄在笔记本里把客人的情况

① 法国著名的笔记本品牌，拥有一百五十年历史。

记得更精确一些，给每一个人加上一小段传记性的文字。往后，要找到一个人一生的线索，他真的觉得一个名字和一个地址就足够了吗？尤其是，笔记本上只写了一个简单的名字，而且还不是真名。“露姬。二月十二日，二十三点钟。”“露姬。四月二十八日，十四点钟。”他还注明围坐在桌子边的顾客每天所坐的位置。有时候，所记录的客人甚至是无名无姓的。那一年六月，他三次记录了这些文字：“露姬和那个身着麂皮外套的棕发男子”。他没有问那个男子叫什么名字，或许是那个男子拒绝把名字告诉他。从表面上看，此人不是店里的常客。如此一来，那个穿麂皮外套的棕发男子便永远地在巴黎的大街上消失了，而保龄所做的只能是把他的影子固定几秒钟。而且，在那个笔记本上所记录的，也有些不准确的内容。我通过努力终于确定了一些时间坐标，让我确信她第一次来孔岱并非如保龄所记录，并非在一月份。我记得在这个日期之前老早就见过她。船长只是在别人都叫她露姬之后才提到她，我猜想在那之前，他压根儿就没有注意到她的存在。她都没有享受到像这样被含含糊糊地记下一笔的权利：“十四点钟，一个蓝眼睛的棕发女子”，但那个身着麂皮外套的棕发男子却享受到了。

她在前一年的十月份就出现了。我在船长的笔记本上发现了一个时间坐标：“十月十五日。二十一点钟。扎夏里亚的生日。他的那张桌子旁围坐着安妮特、堂·卡洛斯、米海依、拉欧巴、弗雷德和阿达莫夫。”我记得一清二楚。她也坐在那一桌。保龄为什么没有好奇地问她叫什么名字？证据是自相矛盾和不堪一击的，但是我敢肯定她那天晚上在场。保龄居然对她视而不见挺让我吃惊的。她羞涩，动作柔缓，她脸上的微笑，尤其是她的沉默，都是原因。她站在阿达莫夫旁边。也许她来孔岱是因为他的缘故。我常常在奥黛翁附近地区和更远处的穷人圣于连街区与阿达莫夫不期而遇。每一次，他都把一只手搭在一个姑娘的肩膀上往前走着。是个要人引导的盲人。但是，他看上去却像是在用他那丧家犬的眼神观察着一切。但每一次遇见他，我都好像觉得是不同的女孩在给他引路。或者是护士。为什么不是她呢？那天她正好是和阿达莫夫一起离开孔岱的。我看见他们沿着那条通往奥黛翁的寂静无人的街道而下。阿达莫夫把一只手搭在她的肩膀上，机械地迈着步子。好像她担心走得太快，有时她会停下片刻，像是要给他缓一口气一样。在奥黛翁的交叉路口，阿达莫夫以一种有些郑重的方式抓住了她的手，而后她猛地冲进了地铁口。他则重新迈开那梦游者的步态，笔直地朝圣安德烈－德－阿尔走去。她呢？没错，她频繁光顾孔岱是在秋天。

这可能不是巧合。对我来说，秋天从来就不是一个萧瑟凄凉的季节。枯死的树叶和越来越短暂的白昼从来也不会让我想起有什么东西要终结，对我来说，那不是结束，而是对未来满怀期待。在巴黎，十月的傍晚，夜幕降临时分，气氛紧张，人们容易心浮气躁。即使是在下雨的时候也一样。在那个时刻，我并不觉得心灰意懒，也没有时光飞逝的感觉。我反而觉得一切皆有可能。一年从十月份开始。那是学生返回课堂的月份，我相信在这个季节里可以大展宏图。如此看来，她之所以在十月份来孔岱，是因为她已经与她的一整段人生彻底决裂了，因为她想“脱胎换骨”，就像在小说中所描述的一样。而且，还有一个迹象证明我不会有错。在孔岱，别人给她起了一个新的名字。那一天，扎夏里亚甚至还说到“命名”①这个词。可以说，是赋予她第二次生命。

至于那个穿麂皮外套的棕发男子，很不巧的是，在孔岱拍的那些照片当中没有他。很遗憾。人们经常可以通过一幅照片来识别一个人。人们可以把照片刊登在一张报纸上寻找证人。他是圈子里的成员吗？保龄是不是不认识他，才懒得提及他的名字？

昨天晚上，我仔细翻阅了笔记本的每一页。“露姬和那

---

① 前文出现的 Je te baptise 既有“我为你命名”，也有“我给你行洗礼”的意思。

个身着麂皮外套的棕发男子”。翻阅之后我才发现，船长并不只是在六月份才提及这个陌生人，这大大出乎我的意料。在其中一页下面，他在匆忙之中草草写着：“五月二十四日。露姬和那个身着麂皮外套的棕发男子。”我还发现了同样的说明文字，在四月份出现了两次。我曾经问过保龄，为什么每次涉及她，都用蓝色铅笔在她的名字下面画一条线，像是要把她和其他人区分开。不是他，这可不是他干的。有一天，他站在吧台那里，在笔记本上记着出现在大厅里的客人，站在他身边的一个人猛然间看见他正在做的事情：此人五十来岁，认得瓦拉医生。他说话的声音很轻柔，抽着黄烟丝香烟。保龄感觉他是个可以信任的人，便跟他说了一下这个被他当成他的“金书”的笔记本里所记录的内容。那人显得饶有兴致。他是“美术编辑”。的确是的，他认得不久之前在孔岱拍照的那个摄影师。他提议出版一本相关的摄影画册,名字可以定为《巴黎—咖啡馆》。能不能劳驾他把笔记本借他用一下，就借一天，便于他挑选照片的说明文字？第二天，他把笔记本还给了保龄，从此就没在孔岱出现过。船长很奇怪，露姬的每个名字下面都用蓝色铅笔画了一道线。他想知道更多的情况，便问了瓦拉医生一些和这个美术编辑有关的事情。瓦拉很吃惊。“是吗？他跟您说他是美术编辑？”他和那人也只是泛泛之交，经常在圣伯努瓦街上的拉马来娜和蒙大拿酒吧碰到，在蒙大拿他甚至跟他玩过421点[①]。此人在本街区出没已经有很长时间了。他叫什么名字？盖世里。瓦拉在说到此人时好像有些尴尬。当保龄向他暗示那个笔记本和笔记本里面用蓝色铅笔画在露姬名字下面的那些杠杠时，医生的目光里掠过一丝忧虑。但稍纵即逝。然后他微微一笑。“他一定是看上了小姑娘……她那么漂亮……可是您在笔记本上记那么多名字，这想法也够古怪的……你们挺让我开心的，您和你们这个圈子，还有你们那些荒诞玄学[②]经历……”他把什么都混为一谈，荒诞玄学，字母派[③]，下意识写作，超制图学，以及孔岱最有文学天赋的人，比方说保龄、让－米歇尔、弗雷德、芭比雷、拉隆德或者阿达莫夫，以及他们带来的所有那些经验之谈。“反正，您这么做很危险，”瓦拉医生接着语气严肃地说道，“您的那个笔记本，就像警察局里的黑名单登记簿，或者派出所里的事件记录。就好像在一次警察的突然抓捕行动中，我们全都落网了一样……”

保龄颇费口舌地跟他解释自己的固定点理论，对他予以反驳，但是船长从那一天起感觉到，瓦拉好像开始不信

① 一种掷骰子游戏。

② 一种讽刺科学思想和科学著作的学说。

③ 法国现代诗歌流派，认为诗歌的单位不是有意义的词而是字母。

任他，甚至想避开他。

那个盖世里不单是在露姬的名字下面简单地画上一道杠。笔记本里每次提到那个“身着麂皮外套的棕发男子”时，也被他用蓝色铅笔画了两条杠杠。他的所作所为真的让保龄大惑不解，于是，他在接下来的日子经常去圣伯努瓦转悠，希望在拉马来娜或者蒙大拿撞见那名所谓的美术编辑，要他做出解释。但是，连他的影子都找不到。不久，他本人也不得不离开法国，并且把笔记本转给了我，好像他希望我把这件事继续追踪下去。但是，时至今日，一切都晚了。而我有的时候之所以对那一整段日子记忆犹新，恰恰是因为有一些问题我还没有找到答案。

白天从办公室回来之后的闲暇时刻，以及独享孤独的大多数星期天晚上，我都会想起一个细节来。我全神贯注，试着把其他细节都收集起来，把它们记在保龄的笔记本后面的空白页上。我也一样，开始寻找那些固定点。这也是一种消遣，就像其他人做填字游戏或者玩单人牌游戏一样。保龄记录的那些人名和地址帮了我很大的忙，它们使我时不时地想起一件确切的事情，一个淫雨霏霏的午后或者阳光灿烂的日子。我对季节一直非常敏感。一天晚上，露姬走进孔岱，头发被一场突如其来的倾盆大雨或者十一月份或初春那种淅淅沥沥下个不停的小雨淋了个透湿。那一天，夏德利太太站在吧台后面。她上二楼的一个小套间找了一条浴巾下来。就像笔记本上记载的，那天晚上，扎夏里亚、安妮特、堂·卡洛斯、米海依、拉欧巴、弗雷德以及莫里斯·拉法艾尔坐的是同一张桌子。扎夏里亚拿过浴巾，把露姬的头发擦干，然后像用包头布一样把她的头包了起来。她加入到他们那一桌，他们要她喝格罗格酒[①]，她和他们一起待到了很晚，头上一直包着包头布。离开孔岱的时候，已经是凌晨两点钟了，雨还在不停地下。我们站在门口的门洞里，露姬依然包着包头布。夏德利太太熄掉大厅里的灯，上楼就寝去了。她打开底层与二楼之间的中二层的窗户，建议我们上楼去她家避雨。但莫里斯·拉法艾尔彬彬有礼地回答说："夫人，这万万使不得……我们得让您睡觉……"这是一个相貌英俊的棕发男子，比我们要年长，是孔岱的一名死心塌地的老主顾，扎夏里亚叫他"美洲豹"，因为他不管是走路的样子还是手势都像猫科动物一样动作轻柔。他跟阿达莫夫和拉隆德一样已经出版了好几本书，但是我们绝口不提此事。这名男子周围笼罩着一层迷雾，我们甚至猜想他与那些靠妓女和小偷养活的黑社会过从甚密。雨越下越大，是季风转换时期的那种滂沱大雨，但对其他人来说并不要紧，因为他们就住在本街区。

① 用朗姆酒或者威士忌兑水而成。

一眨眼工夫，就只剩下露姬、莫里斯 · 拉法艾尔和我站在门廊下。“要不要我开车送你们？”莫里斯 · 拉法艾尔提议道。我们在大雨中奔跑，一直跑到街道下面，他的汽车停在那里，那是一辆黑色的旧福特。露姬坐在他旁边的副驾驶席，我则坐在后排。“我先送谁呢？”莫里斯 · 拉法艾尔问道。露姬说了她住的那条街，明确地告诉他是在蒙马特公墓的另一边。“这么说，您住在地狱的边境[①]啰。”他说道。我觉得当时我们俩谁也没听明白“地狱的边境”是什么意思。我叫他过了卢森堡公园的栅栏之后就放我下车，在瓦尔－德－格拉斯街的拐角处停一下。我不想让他知道我的确切住址，因为我担心他会刨根问底。

我和露姬以及莫里斯 · 拉法艾尔握手道别，心想他们俩谁也不知道我的名字。在孔岱，我是最谨小慎微的顾客，我总是与其他人保持着一定的距离，当个听众就心满意足了。这对我来说就足够了。我跟他们在一起感觉非常惬意。孔岱对我来说是个避难所，让我可以躲过我预想的那种暗无天日的生活。那里可以有我的一段人生——最美好的，而有朝一日我也可能逼不得已，必须把这段人生留在那里。

“您住在瓦拉－德－格拉斯这个街区是明智的。”莫里

---

① 没有接受洗礼的儿童死后所去的地方。

斯 · 拉法艾尔对我说道。

他对我微笑着，这个微笑里好像既有亲切也有嘲弄的意味。

“再见！”露姬对我说。

我从汽车里钻出来，等待着它在皇家港那里折回去，消失在夜幕之中。实际上，严格说来，我并不是住在瓦拉－德－格拉斯街区，而要再下去一点点，在圣米歇尔林荫大道 85 号的那栋大楼里，我一到巴黎就在那栋大楼里找到一个房间，是个奇迹。从窗户那里，我可以看见我那所学校的黑色外表。那天夜里，我的目光一直端详着学校雄伟的外表，和门口的高大石级。假如他们知道了我几乎每一天都要从那里拾级而上，知道我是高等矿业学校[①]的一名学生的话，他们会对我怎么想？扎夏里亚，拉欧巴，阿里 · 谢里夫或者堂 · 卡洛斯，他们这些人确切地知道矿业学校是干嘛的吗？我必须守口如瓶，否则的话，他们就有可能对我冷嘲热讽，或者对我起疑心。对阿达莫夫、拉隆德或者莫里斯 · 拉法艾尔来说，矿业学校意味着什么呢？可能毫无意义。他们可能会奉劝我别再去那种鬼地方。我之所以把很多时间消磨在孔岱，就因为我希望有人能给我这

① 国立巴黎高等矿业学校是法国最著名的工程师学校之一，由国王路易十六于 1783 年颁布谕令建立，旨在培养“矿业人才的领袖”。

么一个建议，一劳永逸地给个建议。露姬和莫里斯·拉法艾尔一定已经到达蒙马特公墓的另一边了，到达那个被他称为“地狱的边境”的区域。我呢，我靠着窗户，站在黑暗之中，凝望着学校黑魆魆的墙面。就好像是外省的某座城市一个已经改变用途的火车站。在相邻的大楼的墙壁上，我曾发现过子弹扫射的痕迹，好像在那里枪毙过什么人。我低声地重复着那六个对我来说似乎越来越不同寻常的字：“高等矿业学校。”

那个年轻人是我在孔岱的邻座，我们之间的谈话都是以一种轻松自然的方式进行的，这对我来说是一件幸运的事情。我是第一次来到这个地方，凭我的年龄我可以做他的父亲。三年来，他日复一日，锲而不舍地对进出孔岱的顾客进行汇编，记录在一个笔记本上，这大大方便了我的工作。遗憾的是，我向他隐瞒了我想查阅这部文献的真正动机，虽然他好心好意地把它借给了我。可是，当我跟他说我是美术编辑的时候，我撒谎了吗？

他信赖我，对此我是心知肚明的。比别人大二十岁的好处正在于此：他们不知道你的老底。就算他们漫不经心地打探一些你此前的生活经历，你也可以天花乱坠地瞎编一气。新的生活。他们不会去追根问底。这种想象出的生活，你讲着讲着，就有大股大股的清新空气从一个很久以来一直让你觉得憋闷的封闭堵塞的地方吹过。一扇窗户忽地打开，百叶窗在风中喀拉喀拉响。你会重新感觉到，你的未来不是梦，它就在你的眼前。

美术编辑。这个名称不假思索就脱口而出了。倘若在二十年前，有人问我将来有何打算，我会含糊不清地嘟哝一句：做美术编辑。而且，我今天也是这么说的。什么也没有改变。所有这些年头都被一笔勾销。

只不过，我并没有与过去彻底决裂，没有把过去的一套东西全然抛弃。在我的同代人当中，还有一些见证人，一些幸存者。一天晚上，在蒙大拿，我问瓦拉医生是哪年生的。我们生于同一年。我跟他说我们以前见过面的，就在这家酒吧，那个时候，这个街区尽享繁华，流光溢彩。而且，我好像觉得甚至在那以前就见过他，在巴黎右岸的其他街区。我甚至很肯定。瓦拉用生硬的语气要了四分之一升伟图矿泉水，在我有可能唤起他最糟糕的回忆的时候，打断了我的话。我赶紧闭上了嘴巴。我们在这个世界上活着，有许多事情讳莫如深，必须三缄其口。我们彼此都是知根知底的。于是，我们都极力避开对方。当然，最好的方法是，彻底的消失，消失得无影无踪。

真是冤家路窄啊……世界上的事情还真就这么巧，那天下午，我第一次跨进孔岱的大门时，再次与瓦拉不期而遇。他坐在大厅的最里头，和两三个年轻人在一起。他看我的眼神充满不安，就像一个大活人见到鬼一样。我朝他微微一笑。我默默地握了一下他的手。我觉得自己随便说一个字，都有可能让他在新朋友面前颜面尽失、很不痛快。当我在大厅的另一头那张仿皮漆布长椅上坐下来的时候，我的沉默和审慎似乎让他松了一口气。坐在那里，我可以观察他，但不会碰到他的目光。他把身体凑过去，低声和他们交谈。于是，为了打发时间，我想象着我可能会用装模作样的社交界的语气跟他说的所有话语，这些话可能会让他的前额渗出豆大的汗珠。“您还在做医生吗？”稍作停顿之后，继续追问：“说呀，您一直在路易－布雷里奥河堤路行医吗？除非您还留着莫斯科街的那间诊所……很久以前您在弗雷斯纳住过一阵子，我希望那段日子没有给您造成恶果……”我一个人坐在角落里，想着想着，差点爆笑起来。大家都没有变老。随着时光的流逝，许许多多的人和事到最后会让你觉得特别滑稽可笑和微不足道，对此你会投去孩子般的目光。

第一次去孔岱，我在里面等了很久。她没来。要有耐心，不能操之过急。可能要等别的时间。我观察过店里的客人。大部分不超过二十五岁，要是有一个十九世纪的作家来描写他们的话，会把他们描写成“浪子大学生”。但是，以我之见，他们当中在索邦大学或者高等矿业学校读书的人屈指可数。我必须承认，通过近距离的观察之后，我一下子就明白是怎么回事，所以我很为他们的前程担忧。

两个男子走了进来，两人一前一后，几乎没有什么间隔。来人是阿达莫夫和那个步态轻柔的棕发男子，棕发男子已经用莫里斯·拉法艾尔的名字出了几本书了。我与阿达莫夫面熟。以前，他基本上总呆在“老军舰”，他的目光让人难以忘怀。我相信自己曾经帮过他一个忙，那个时候我跟情报部还有一些联系，我帮他办理了合法的居留手续。至于莫里斯·拉法艾尔，他也是街区酒吧里的常客。据说，战后他用原来的名字惹出了一些麻烦事。那个时候，我在替布雷曼做事。他们俩一起走到吧台前，手肘支在吧台上。莫里斯·拉法艾尔自始至终都笔直地站着，阿达莫夫则做着一脸痛苦的怪相爬上了一张圆凳。他没有发现我也在场。再说了，我的脸会让他想起跟他有关的什么事情吗？三个年轻人，其中有一个穿着一件变旧了的风衣、留着刘海的金发女子把他们一起引到了吧台那里。莫里斯·拉法艾尔把一包香烟递了过去，笑吟吟地看着他们。阿达莫夫，他则没那么随便。他那紧张的眼神让人以为他有些被他们吓着了。

我的口袋里有两张一次成像照片，是那个雅克林娜·德朗克的照片……在我替布雷曼做事的那个时候，我轻易就能把随便什么人识别出来，对我的这种绝活，他总是啧啧称奇。随便什么人的面孔，我只要见过一次，它就会铭刻在我的脑海之中，布雷曼常常拿我这种在老远的地方就能一眼认出一个人的本事来打趣，因为即使是半侧着身子甚至是背对着我，我也能认出来。所以，我压根儿就不担心。她一走进孔岱，我就知道是她本人。

瓦拉医生朝柜台方向转过身，我们的目光交集在一起。他做了一个友好的手势。我突然很想走到他所坐的桌子，跟他说我有一个私密的问题要问他。我或许可以把他拉到一边，把那两张照片拿出来让他看一下："您认识吗？"说真的，通过孔岱的一个顾客来了解这个女孩更多的情况也许能帮上我的忙。

我刚得知她所住的那家旅馆的地址，便赶往那里。我选择了下午的悠闲时刻。这个时候，她更有可能不在家。至少，我希望如此。这样一来，我就可以在前台那里打探一下她的情况。这是一个阳光明媚的秋日，我决定徒步前往。我从河堤那里出发，慢悠悠地朝着大地的纵深处走去。走到"寻找正午"街的时候，阳光刺得我睁不开眼睛。于是，我走进“抽烟狗”酒吧，要了一杯干邑白兰地。我开始焦虑起来。我透过玻璃窗凝望着梅纳大街。我可能要走左边的人行道，然后就会到达目的地。没有任何焦虑的理由。我沿着那条大街前行，走着走着，心境重新平静下来。我几乎可以肯定她不在，而且这一次我可能不会进那家旅馆去打探她的情况。我会在四周来回转悠，就像人们测定方位一样。我有的是时间。别人出钱就是让我做这种事的。

我到了塞尔街，决意要做到胸有成竹。一条静谧灰暗的街道，让我想起的不是一座村庄或者一个郊区，而是被人称作“内地”的神秘区域。我径直朝那家旅馆的前台走去。没有人。我等了十来分钟，希望没有人出来。但是，一扇门打开了，一个穿着一身黑衣服、头发很短的棕发妇女来到收银台。我和气地说：

“我找雅克林娜 · 德朗克。”

我心想她在这里登记用的是她少女时代的名字。

她朝我微微一笑，然后从身后的一个格子里拿出一个信封。

“您是罗兰先生吗？”

那家伙是谁？为了以防万一，我含含糊糊地点了一下头。她递给我的那封信的信封上用蓝墨水写着：烦交罗兰。

信封没有封口。一张大纸上写着：

罗兰，五点钟以后到孔岱来找我。要不，打电话到奥特依15-28这个号码，给我留话也行。

信末签的名字是露姬。是雅克林娜的昵称吗？

我把信重新折好，塞进信封里，然后把它还给了那个棕发女子。

“对不起……刚才搞错了……不是我的信。”

她没有对我发牢骚，而是机械地把那封信重新放进那个格子里。

“雅克林娜·德朗克在这里住了蛮久吗？”

她犹豫了片刻之后，和气地回答说：

“住了大约一个月吧。”

“一个人吗？”

“是的。”

她好像无所谓，准备回答我所有的问题。但她落在我身上的目光显示出厌烦。

“谢谢您。”我说道。

“没什么。”

我还是赶紧走人，不要耽搁了。这个罗兰很有可能随时出现。我重新回到梅纳街，朝着来时相反的方向往前走。在“抽烟狗”酒吧，我又要了一杯干邑白兰地。我在一本年鉴上寻找着孔岱的地址。它位于奥黛翁街区。下午四点钟，我还有一些时间可支配。于是，我拨通了奥特依 15-28 那个号码。一个生硬的说话声让我想起电话报时机的声音：“这里是拉封丹汽车修理厂……我能为您提供什么服务吗？”我说我找雅克林娜·德朗克。“她现在不在……要留言吗？”我想挂掉，但我还是让自己回答道：“不，不用留言。谢谢。”

无论如何，为了更好地弄明白人们的意图，首要任务是尽可能最精确地确定人们所行走的路线。我低声地重复着：“塞尔街的旅馆。拉封丹汽车修理厂。孔岱咖啡馆。露姬。”然后，在布洛涅森林和塞纳河之间的诺伊利区域，那个家伙就是约我在那里跟我诉说他的妻子，一个名叫雅克林娜·舒罗、婚前姓德朗克的女人。

我忘记了是谁建议他来找我的。他可能是在年鉴中查到我的地址的。约定的时间还早得很，但我提前坐了地铁去。那条地铁线是直线。我在萨博隆下的车，在附近地区转悠了将近半个小时。我习惯先熟悉现场的环境，而不是马上下手。以前，布雷曼常常批评我这么做，认为我是在浪费时间。他告诉我，与其在游泳池边转悠，还不如干脆跳进水里。我的想法则正好相反。不要贸然行事，消极被动一些，慢条斯理一些，就能慢慢地让自己融入到现场气氛当中。

空气中飘荡着一股秋日和乡野的味道。我沿着动物园边上的林荫大道往前走，但我走在左边，靠树林和练马场的跑道那边，我更愿意这只是一次普普通通的散步。

那个让－皮埃尔·舒罗跟我确定这次约会时声音语调平直。他只告诉我事关他的妻子。我离他的寓所越近，浮现在眼前的是他像我一样正沿着马道走过的身影，已经过了动物园的那个圆形竞技场。他多大年纪了？听他的声音还很年轻，但是声音总能迷惑人。

他会将我带入一个什么样的婚姻悲剧或者婚姻地狱呢？我觉得自己开始泄气了，要不要去赴约，心里一点底也没有。我进入布洛涅森林，朝圣詹姆斯水塘和冬天滑雪者常去的那个小湖方向走去。我是惟一的散步者，感觉自己远离巴黎，到了索洛涅[①]的某个地方。我下了狠劲，又一次克服了自己的气馁情绪。一股隐约的职业性的好奇让我中断了散步，回到去往森林边的诺伊利方向。索洛涅。

---

① 法国中部的一个森林地区，位于卢瓦河以南，占地五十万公顷，建有香堡等大量城堡，尤以水塘和森林著称，适于打猎和打渔。也是法国最贫穷的地区之一。

诺伊利。我想象着住在诺伊利的那些舒罗们度过阴雨连绵的漫长午后时光。而在那边的索洛涅，人们可以听到黄昏时分吹响的狩猎号角声。他的妻子是不是侧坐在马上？我想到布雷曼的那番话时，情不自禁地大笑起来："盖世里，你啊，你进展过快。你本该去写小说的。"

他住在最里头，靠马德里门，那是一幢现代化的大楼，有一扇大玻璃门。他告诉我往左边走到大厅的最里面。我会看到他家门上的名字。"是在底层的一套公寓。"我听到他说"底层"时流露出的那种忧伤语调时很是吃惊。因为他说完之后沉默了良久，好像很后悔自己坦白交代了这件事。

"那具体的地址呢？"我问他。

"在布雷特威尔大道 11 号。您记好了吗？ 11 号……四点钟，您觉得合适吗？"

他的声音更加坚定，用的几乎是社交界的语调。

门上有一个镀金的小门牌：让－皮埃尔 · 舒罗，我看见门牌下面有个猫眼。我按响门铃。我等待着。在这个沉寂无人的大厅里，我心想我来得太晚了。他已经自杀了。我为自己有这种想法感到羞愧，我又一次萌生了撒手不管的念头，我想离开这间大厅，到索洛涅去，继续我的闲庭信步，享受自由空气……我又按了一次，这一次门铃短暂地响了三下。门随即打开了，仿佛他一直就站在门后，透过猫眼窥探我。

一个四十来岁的棕发男子，头发很短，身材比我高大得多。他穿着天蓝色的衬衫和一套深蓝色的西服，衬衫的衣领敞开着。他一言不发地把我带到一个可以叫做起居室的地方。他示意我坐在一张茶几后面的沙发上，我们并排坐在一起。他说话很费力。我想让他感觉舒服一些，便尽可能用最温柔的声音问他："那么，是关于您的妻子吗？"

他试图采用一种冷淡的语气。他朝我淡淡地笑了笑。是这样的，他的妻子为一些鸡毛蒜皮的小事和他吵了一架之后，已经失踪两个月了。那她失踪之后，除了我，他是不是没跟其他人说起过？其中的一扇玻璃窗的铁质百叶窗放下来了，我寻思着这个人是不是两个月来一直幽居在这套房间里。但是，除了那个百叶窗以外，这个起居室里没有一点散乱和放任自流的痕迹。他本人在犹豫片刻之后，又略略镇定了一些。

"我希望这种状况很快就能明朗起来。"他终于跟我说出了这句话。

我近距离地观察着他。浓黑的眉毛，非常明亮的眼睛，高高的颧骨，五官端正。一举一动都显示出那种运动员才有的体力充沛，那一头短发更加重了这种感觉。别人更乐意想象他光着上身，站在一艘帆船上，独自远航的情景。可是，尽管他是如此雄健有力，如此富有男子气概，他妻子还是弃他而去。

我想知道，都过去两个月了，在这两个月的时间里，他是否尝试过寻找她。没有。她给他打过三四次电话，明明白白地告诉他她不会再回来了。她极力劝他不要煞费苦心和她联系，也不跟他做任何解释。她的语气已经改变。那已经不是同一个人了。那声音非常平静，非常自信，让他张皇失措。他和他的妻子相差十五岁。她，二十二岁。他三十六岁。他透露的细节越多，我越感觉到他身上的谨慎，甚至有些冷漠，这可能是所谓的受过良好教育的结果。现在，我必须问一些更明确具体的问题了，但我不知道是否还有这个必要。他到底想要什么？要他妻子回来吗？抑或，他只是想弄明白她为什么要离他而去？也许知道这一点就足够了？除了那张沙发和茶几，起居室里没有任何其他家具陈设。那几扇玻璃窗朝着大街，从街上通行的汽车非常少，所以这套公寓位于底层并不受什么影响。夜幕降临。他点亮了放在我右边、紧靠沙发的那盏装着红色灯罩和三脚灯座的落地灯。灯光刺得我睁不开眼睛，白晃晃的灯光使这里显得更加静谧。我以为他在等我提问题。他跷起了二郎腿。为了节约时间，我从外套里面的口袋里拿出了一个螺旋笔记本和一支圆珠笔，做了一些记录。“他，三十六岁。她，二十二岁。诺伊利。底层公寓。没有家具。玻璃窗朝向布雷特威尔大道。没有车流。茶几上放着几本杂志。”他默默地等待着，就好像我是一位正在写处方的大夫。

“您妻子娘家姓什么？”

“姓德朗克。她叫雅克林娜·德朗克。”

我问他这个雅克林娜·德朗克的出生日期和出生地。还有他们俩结婚的日期。她有驾照吗？有固定的工作吗？没有。还有什么亲人吗？巴黎有吗？外省呢？有银行支票吗？他语调忧伤地回答着这些问题，我把所有这些细节都记录下来，它们常常是一个人在人世间走过一遭的惟一证明。只要哪一天有人发现这个记录了所有那些细节的螺旋笔记本就行了，笔记本上的字非常小，很难辨识，像我写的字。

现在，我要涉及一些更为敏感的问题，这些问题将让你未经许可进入一个私人领地。谁赋予的权利呢？

“您有朋友吗？”

是的，有几个经常见面的人。他们都是他在商业学校里认识的。而且，还有一些曾经是让-巴布蒂斯特-赛中学时的同学。

他甚至尝试过和其中三个人一起合办企业，后来以合伙人的身份为赞纳塔茨房地产公司工作。

“您一直在那里上班吗？”

“是的，在和平街 20 号。”

他上班乘坐什么样的交通工具？每一个细节，即使表面看来无关紧要，实际上却能暴露一些问题。他时不时地为赞纳塔茨出差。里昂。波尔多。蓝色海岸。日内瓦。那么，那个在娘家的时候姓德朗克的雅克林娜·舒罗呢，她独自一人留在诺伊利吗？借出差的机会，他带她去过几次蓝色海岸。那她一个人在家里时，怎么打发时间呢？确确实实没有一个人可以向他提供跟这个夫姓舒罗、娘家姓德朗克的雅克林娜的失踪有关的情况和哪怕一丁点线索吗？“我不知道，哪一天她心情郁闷的时候，是否跟别人透露过隐情……”不。她从不跟别人诉说自己的心思。她经常数落他，说他的朋友索然寡味，缺乏激情。但要说明的是，她比他们所有的人都小十五岁。

这时，我突然想到一个很难说出口的问题，但是，我还是得问他：

“您觉得她是不是有了情人？”

我说话的声调有些唐突和愚蠢。但只能是这样了。他皱了一下眉头。

“没有。”

他迟疑了一下，直视着我的眼睛，好像在等待我的鼓励或者在斟酌措辞。一天晚上，商业学校的一位老同学和一个叫什么居伊·德·威尔的人来这里吃晚饭，那人年龄比他们都要大一些。那个居伊·德·威尔非常精通神秘学，提出要带一些这方面的著作给他们看。他妻子多次参加这类聚会，甚至还参加这个居伊·德·威尔定期举办的讲座。由于赞纳塔茨办公室里超负荷的工作，他没能陪她一起去。他的妻子对这一类的聚会和讲座表现出了兴趣，他却不大明白那到底是怎么回事。居伊·德·威尔建议她读的那些书中，她借了一本，她觉得最容易阅读的那一本。那本书名叫《消失的地平线》。妻子失踪之后，他和居伊·德·威尔联系过吗？是的，他跟他打过许多次电话，但他什么都不清楚。“您确定吗？”他耸了耸肩膀，眼神疲惫地看了我一眼。那个居伊·德·威尔闪烁其词，他明白从他嘴里是得不到任何情况的。有这个人确切的名字和地址吗？他不知道他的地址。年鉴里没有。

我寻思着还有什么其他问题问他。我们之间出现了一阵沉默，但这好像并不让他觉得尴尬。我们并排坐在沙发上，好像是坐在一名牙医或者一个医生的候诊室里。光秃秃的白色墙壁。一幅女人的肖像挂在沙发上方。我差点就抓起放在茶几上的一本杂志。一种空落落的感觉袭上心头。我得承认，那个时候，我感觉到那个娘家姓德朗克的雅克林娜·舒罗的不在场，她的失踪在我看来是毅然决然的。但是，不应该从一开始就那么悲观。而且，当那个女子在家的时候，这间起居室也给人这种空虚的感觉吗？他们在这里吃晚饭吗？在这里吃晚餐的话，可能是在一张桥牌桌上吃，吃完马上就收起来放好。我想知道她是不是因为一时冲动才离家出走的，家里是否还留下了她的私人用品。没留下。她带走了所有的衣服和居伊·德·威尔借给她的那几本书，全都放在一个石榴红色的皮箱里带走的。这里没有留下她的任何印记。甚至那些与她合影的照片——度假时拍摄的很少几幅照片——都不见了。晚上，一个人孤零零地待在这套公寓里时，他常常扪心自问自己是否曾经和这个雅克林娜·德朗克结过婚。能佐证这并不是做梦的惟一证明，是结婚后发给他们的那本户口本。户口本。他重复着这几个字，仿佛已经不明白这三个字的意思一样。

没有必要再参观其他几个房间了。空荡荡的卧室。空空如也的壁橱。死一般的寂静，偶尔被一辆从布雷特威尔大道经过的汽车打破。这里的夜晚一定漫长得没有尽头。

“她带了钥匙走吗？”

他否定地摇了摇头。连在某个晚上听到宣布她打道回府、将钥匙插入锁孔的声音都没有希望听到了。而且，他觉得她永远也不会再打电话回来了。

“您是怎么认识她的？”

她被招聘到赞纳塔茨公司接替一个女职员。一份临时秘书的工作。他跟她口授过几封给客户的信件，他们就这样认识了。他们在下班之后也见面了。她跟他说自己是大学生，在东方语言学校读书，每周上两次课，但他无论如何都没弄清她学的是什么语言。亚洲语言，她就是这么说的。然后，经过两个月的交往，他们结婚了，那是在一个星期六的上午，在诺伊利区政府，赞纳塔茨公司办公室的两位同事做证婚人。这对他们来说只是一个简单的形式，没有其他人参加。然后，他们俩和两名证婚人到离家很近的地方去吃午饭，在布洛涅森林边上，附近的圆形杂技表演场的游客经常光临那家餐馆。

他向我投来一丝难为情的眼神。看来，他本想为他的这场婚姻向我做出更充分的解释。我朝他微微一笑。我不需要那些解释。他下了个狠劲，好像要豁出去似的：

“我们试着建立关系，您明白我的意思……”

是的，我当然明白。这种生活出现在你的人生当中，有时就像一块没有路标的广袤无垠的开阔地，在所有的逃逸线[1]和消失的地平线之间，我们更希望找到设立方位标的基准点，制作某种类型的地籍，好让自己不再有那种漫无目的、随波逐流的感觉。于是，我们编制关系网，试着把那些随机性的相聚变得更加固定一些。我缄默不语，目光固定在那一堆杂志上。在那张茶几中间，放着一只黄色的大烟灰缸，上面印着新扎诺几个字。一本装订起来的书，书名叫《别了，佛克拉拉》[2]。赞纳塔茨。让－皮埃尔·舒罗。新扎诺。雅克林娜·德朗克。诺伊利区政府。佛克拉拉。要从所有这一切中找出一个意义来……

“而且，她是一个相貌秀丽、气质优雅的女孩，我对她是一见钟情……”

他才低声说出这句心里话，就好像已经后悔了。在她出走之前，有没有感觉到她身上有什么异常？是有些反常的，她对他们俩的日常生活越来越挑剔，横挑鼻子竖挑眼的。她说，真正的生活，不是这样的。可当他问她那种“真

---

① “逃逸线”是法国哲学家德勒兹（1925—1995）经常使用的概念，在后期经典之作《千座高原》中，他详细区分了三种类型的“线”：坚硬线、柔软线和逃逸线。坚硬线指质量线，透过二元对立所建构僵化的常态，比方说人在坚硬线的控制下，就会循规蹈矩地完成人生的一个个阶段，从小学到大学到拿工资生活到退休；柔软线指分子线，搅乱了线性和常态，没有目的和意向；逃逸线完全脱离质量线，由破裂到断裂，主体则在难以控制的流变多样中成为碎片，这也是我们的解放之线，只有在这条线上我们才会感觉到自由，感觉到人生，但也是最危险之线，因为它们最真实。

② 让－德·勃蒙一九五九年出版的一部作品。佛克拉拉位于法国东南部，属于科西嘉行政区。

正的生活”到底是什么样子时，她就一直耸肩膀，不置一词，就好像说了也是白说，她事先就知道他是听不懂她的解释的，一点也不懂。然后，她的脸上又露出往日的笑容和亲切，几乎在求他原谅她的坏脾气。她显出一副百依百顺的样子，对他说，这一切说到底并不是什么大不了的事情。有朝一日，也许，他终会明白什么是真正的生活。

“您真的没有她的任何照片吗？”

有一天下午，他们俩在塞纳河边散步。他打算在夏特莱坐地铁去办公室。他们从王宫大街那家很小的一次成像照片照相馆前经过。她需要照片办一本新护照。他在人行道上等她。从照相馆出来后，她把照好的照片交给他，跟他说她担心弄丢。回到办公室后，他将这些照片装进一个信封，忘记拿回诺伊利。妻子失踪之后，他发现那个信封一直在那里，放在办公桌上，和其他文件放在一起。

“您等我一下好吗？”

他把我一个人留在沙发上。暮色苍茫。我看了一眼手表，很吃惊，指针才指到五点四十五分的位置。我感觉在那里呆的时间要长得多。

一个左边印着“赞纳塔茨（法国）房地产公司，和平街 20 号，巴黎 1 区”的灰色信封里有两张照片。一张是正面照，但另外一张是侧面的，就像从前警察局要求外国人提供的照片一样。她的姓氏德朗克和她的名字雅克林娜却是地地道道的法国人名。我用拇指和食指夹着那两张照片，默默地审视着。一头棕色的头发，一双明亮的眼睛，侧面的线条非常清晰，如果是现在照的话，这种人体测量照片会照得非常好看。但那两张照片尽显人体测量照片的单调乏味和冷漠。

“您可以借我用一段时间吗？”我问道。

“当然可以。”

我把那个信封装进外套的一个口袋里。

有一刻再也不用听任何人说话。他，让-皮埃尔·舒罗，对雅克林娜了解多少呢？对她所知甚少。他们在诺伊利的这个底楼一起生活才一年时间，他们俩面对面吃晚餐，有时是和商业学校以及让-巴布蒂斯特·赛中学的老同学一起吃。这些就能够揣度出一个人脑子里发生的事情吗？她还去见娘家那边的人吗？我竭尽全力，终于把这个问题提了出来。

“不。她已经没有亲人了。”

我站起身来。他忧心忡忡地看了我一眼。他呢，依然坐在沙发上。

“我得走了。”我说道，“时候不早了。”

我对他微笑着，但是他对我想离开他的想法仿佛真的很吃惊。

“我会尽快给您打电话，”我对他说道，“希望很快就能有消息告诉您。”

他也下意识地站起来，这个下意识的动作跟先前领我到起居室的动作一样。我想到最后一个问题：

“她走的时候带了钱吗？”

“没带。”

“她走后给您打电话时，从未跟您提及过她的生活方式吗？”

“没有。”

他迈着僵硬的步子朝大门走去。他还能回答我的问题吗？我打开门。他站在我身后，岿然不动。我不知道是什么在作祟，是一阵什么样的痛苦发作，使我头脑发昏地用咄咄逼人的语气问了这么一句话：

“您原来可能希望与她白头偕老吧？”

这是为了把他从麻木和消沉中唤醒吗？他瞪大了眼睛，恐惧地看着我。我站在门框下。我走到他身边，一只手搭在他的肩膀上。

“随时都可以给我打电话。不用客气。”

他脸上的肌肉放松了。他费力地笑了笑。在关门之前，他挥挥手和我道别。我在楼梯平台上呆了很长一段时间，定时开关的照明灯熄灭了。我想象着他孤身一人坐在沙发上刚才所坐的那个位子上的情景。他用一个机械的手势，拿起叠放在茶几上的一本杂志。

外面是黑沉沉的夜。我的思绪依然停留在底楼那个端坐在强烈灯光下的男子那里。他在睡觉之前会吃点东西吗？我寻思那里是否有厨房。我本该邀请他一起共进晚餐的。也许，不用我提问，他就会冒出一句关键的话、一个招供，就可以让我更快地追踪到雅克林娜·德朗克的线索。布雷曼反复地跟我说，每一个人，即使是最冥顽不化的人，都会有一个“供认不讳”的时刻，这四个字是他的口头禅。我们只要极其耐心地等待着这一时刻，当然也要试着想办法促使这一刻的出现，但要做得干净利索，让人感觉不到，布雷曼曾说道：“要使用一些微妙的带刺的话。”必须让那人感觉到他面对的是一个聆听忏悔的神父。这很难做到。但要干这一行就得做到这一点。我到了马约门，我还想在温煦的夜晚里走一走。不巧的是，我的新皮鞋把我的足背硌得好痛。于是，我走进那条大街上的第一家咖啡馆，我选了一个靠玻璃窗的位置。我解开鞋带，把左脚上的皮鞋脱了下来，那只脚最疼了。当服务生过来时，我要了一杯绿色的伊萨拉利口酒①。

① 一种产自法国巴斯克地区、以比利牛斯山植物为原料的利口酒。黄色的伊萨拉酒度达到 40%，绿色的为 48%。伊萨拉在巴斯克语中意为“星星”，黄色的伊萨拉以杏仁为主，使用多达 32 种植物原料；绿色的 48 种，以薄荷为主。

我从口袋里掏出那只信封，久久地端详着那两张一次成像照片。她现在在哪里呢？在一家咖啡馆，像我一样，孤身一人坐在一张桌子边吗？也许是他刚才说过的那句“我们试着建立关系”让我产生了这种想法。大街上的邂逅，高峰时刻在地铁站里的相遇。那个时候人们也许应该用手铐把彼此链在一起。什么关系能够抵挡住那种把你卷走、让你失去控制的浩荡人潮呢？一个股份公司，在那里向一个临时打字员口授一封信，在诺伊利底层的一套公寓里，空无一物的白墙让人想起被称为“样品房”的公寓，人从那里走过将不会留下任何痕迹……两张一次成像照片，一张正面，一张侧面……要用它们来建立关系吗？有一个人可以帮我查找，此人叫贝尔诺尔。从我为布雷曼效命的时候起，我只在三年前的一个下午遇见过他一次，之后就没再见过他。我准备坐地铁，正穿过圣母院前面的广场。一个城市流浪者模样的人从主宫医院[1]走了出来，与我擦肩而过。他穿着一件袖子撕烂了的雨衣，裤子短到脚踝上面，光脚丫穿着一双旧拖鞋。他胡子拉碴，黑头发非常长。但我还是把他认出来了。贝尔诺尔。我紧跟着他，想跟他说话。但他走得飞快，转眼就穿过了警察局的大门。我犹豫了片刻。要追上他已经为时太晚。于是，我决定在

① 圣母院附设的教堂医院。

人行道上守候他。无论如何，我们是在一起长大的。

他从同一扇门里走了出来，换上了一件海蓝色的外套、一条法兰绒长裤和一双黑色的系鞋带的皮鞋。简直判若两人。我走上前去的时候，他有些尴尬。他刚刚刮过胡子。我们默默地沿着河堤走着。我们在稍远处的金太阳咖啡馆一坐下来，他就把近况和盘托出。他们依然差遣他做一些苦役似的情报工作，噢，没什么大事，做的是眼线和卧底，扮演成城市流浪者，以便更好地观察和窃听他周围所发生的事情：在一些大楼前面，跳蚤市场，皮嘉尔广场①，火车站周围，甚至拉丁区潜伏。他的嘴角露出一丝忧郁的微笑。他住在十四区的一个单人房间里。他把电话号码给了我。我们绝口不提我们的过去。他把旅行包放在身边的长凳上。要是我告诉他那里面装的是什么东西，他准会大吃一惊的：里面装了一件旧雨衣，一条过短的长裤，还有一双拖鞋。

我去诺伊利赴约回来的当晚，就给他打了电话。我们重逢之后，我时不时地求助他为我提供一些我所需要的情报。我请他帮我找一些与那个名叫雅克林娜·德朗克、夫姓舒罗的女子相关的详细资料。关于这个女子，我没有更

① 巴黎有名的声色场所，位于蒙马特高地的山脚处，著名的红磨坊即坐落于此。

多的情况提供给他，只说了她的出生日期，以及她和某个名叫让－皮埃尔·舒罗的结婚日期，此人家住诺伊利的布雷特威尔大道11号，是赞纳塔茨房地产公司的合伙人。他做了记录。“就这些吗？”他显得很失望。“我猜想，关于这些人，犯罪记录簿上不会有任何记录。”他轻蔑地说道。犯罪记录簿。我试着去想象舒罗夫妇在诺伊利的卧室，我本该出于职业意识瞧一眼那间卧室的。那间卧室将永远空在那里，床上也只剩下床绷[①]了。

随后的几周当中，舒罗给我打了好几次电话。他说话的声音总是那么语调平直，打电话的时间也总是在晚上七点钟的时候。也许，在这个时刻，他一个人呆在底层的公寓里，形单影只，需要找个人说说话。我跟他说要有耐心。我感觉他已经不相信我的话了，会慢慢接受妻子失踪的事实。我收到了贝尔诺尔的一封信，信上写着：

我亲爱的盖世里：

犯罪记录簿里什么也没有。既没有舒罗的，也没有德朗克的。

但是，无巧不成书：他们派我对九区和十八区的警察

① 法语中 sommier 一词既有犯罪记录簿，也有床绷的意思。

分局的事件记录进行统计，这是个枯燥乏味的工作，但我在那里帮你找到了一些资料。

我两次看到“雅克林娜·德朗克，十五岁”的记录。第一次，七年前，在圣乔治街区警察分局的事件记录上，第二次是几个月后，在大采石场警察分局的事件记录中。原因：未成年流浪。

我问了雷奥尼是否能从旅馆方面查找一些信息。两年前，雅克林娜·德朗克住过阿玛依埃街8号的桑·雷默宾馆（十七区），以及星形广场街13号的大都会宾馆（十七区）。在圣乔治街区和大采石场街区的警察分局的事件记录上，写着她住在母亲家，在拉谢尔大街10号（十八区）。

她现在住在十四区塞尔街8号的萨瓦宾馆。她的母亲四年前就去世了。在索洛涅－封丹（在卢瓦尔－谢尔省）市镇政府里找到了她的出生证副本，我会给你寄一份复印件，出生证上记录着她的生父不详。她母亲曾是红磨坊里的引座员，有一个男友，一个名叫居伊·拉维涅的人，此人在拉封丹街98号（十六区）拉封丹汽车修理厂工作，给她提供物质上的资助。雅克林娜·德朗克不像有正式工作。

我亲爱的盖世里，我能为你找的全都在这里了。我希望再次见到你，只要不在我穿着工作服的时候。这种城市流浪汉的装束会让布雷曼笑掉大牙的。我猜想，你是不会笑得像他那么厉害的。而我本人，我觉得一点也不好笑。

加油干吧！

贝尔诺尔

接下来要做的一件事就是打电话给让－皮埃尔·舒罗，告诉他真相大白了。我试着去回忆我确切地是从哪一刻开始决定向他隐瞒这一切的。我拨了他的电话的前面几个号码，但我陡地挂掉了。一想到要像上次一样，在黄昏时分返回到诺伊利的那套底层公寓，和他一起在红色灯罩的灯光下等待夜幕降临，我就觉得沮丧。我的办公桌上触手可及的地方总放着那张塔利德出版社出版的用旧了的巴黎地图，我摊开那张地图。由于不断地查阅，地图的边缘经常被我撕烂，每次我都用透明胶把撕裂口粘上，就像给一个受伤者贴膏药一样。孔岱。诺伊利。星形广场街区。拉谢尔大街。在我的职业生涯中，我第一次觉得在展开调查的时候，有必要反其道而行。是的，我要在雅克林娜·德朗克走过的道路上逆行。至于让－皮埃尔·舒罗，他嘛，已经无足轻重了。他只是一个无关紧要的哑角，我看着他手上拎着个黑色公文包，远远地向赞纳塔茨办公室走去，一去不返。总之，惟一有意思的人，是雅克林娜·德朗克。

在我的生活中，有许许多多的雅克林娜……她可能是最后一个。我坐的是地铁，就像别人说的，坐的是南北线，这条线路把拉谢尔大街与孔岱咖啡馆连接在一起。地铁站过了一个又一个，我也在时间长河里追溯。我在皮嘉尔下了车。我迈着轻快的步伐走在林荫大道的土台上。一个阳光明媚的秋日下午，人们可能会在这个季节制定一些生涯规划，生活有可能从头开始。无论如何，雅克林娜·德朗克，她就是在这个区域开始她的人生之旅的……我好像和她定了约会一样。走到布朗西广场附近的时候，我的心跳得快了些，我感到激动，也觉得害怕。我已经很久没有这种感觉了。我继续在土台上走着，步子越来越快。在这个熟悉的街区，我本来可以闭着眼睛健步如飞，这里有红磨坊，蓝野猪……谁知道呢？很久以前，我曾在右侧的人行道上与这个雅克林娜·德朗克擦肩而过，她要去红磨坊找她母亲，要不在左边的人行道上，于尔－费里中学放学的时候见过她。好了，我到了。我忘记了街角的那家电影院。电影院的名字叫墨西哥，它取这样一个名字可不是偶然的。它让你萌发逃之夭夭、浪迹天涯的念头……我忘记了通向公墓的拉谢尔大街上的静谧与沉寂，但现在人们不去想它，不去想那个公墓，他们对自己说这条大街的尽头通向乡村，甚至有可能通向一条滨海散步大道。

我在拉谢尔大街10号的那栋楼房前面停了下来，犹豫片刻之后，走进那栋大楼。我想敲一下看门人的玻璃门，但忍住了。有什么必要呢？大门的一块玻璃上粘着一块牌子，用黑体字写着房客的名字和所住的楼层。我从外套里面的口袋里掏出笔记本和圆珠笔，把牌子上面的名字都记了下来：

克里斯蒂安娜·德尔洛尔
日热尔·迪斯
玛特·杜布衣
伊维特·艾思诺
阿丽丝·格拉维尔
阿尔比娜·马努里
玛丽斯卡
于格特·冯·博斯特罗
奥德特·扎扎尼

热娜维艾芙·德朗克的名字被划去了，换上了于格特·冯·博斯特罗的名字。母女俩曾经在六楼住过。但是，在合上笔记本的那一刻，我心里马上明白所有这些细节对我也许没有任何用处。

外面那栋大楼的底层，有一个人站在一家名叫“独角兽”的布店门口。当我抬头仰望六楼的时候，我听见他用尖细的声音问我：

“您在找什么东西吗，先生？”

我本来应该问他一个关于热娜维艾芙以及雅克林娜·德朗克的问题的，但我知道他会怎么回答我，他只会告诉我一些非常肤浅片面、不痛不痒的事情，一些不沾边的小细节，就像布雷曼常说的那样，永远也扯不到点子上。只要听一下他那尖细的声音，看一下他那鼬鼠般的脑袋和冷酷的目光就会发现：不，不要对他有任何指望，你从他那里得到的只有一个普通的告密者所提供的“情报”。要不，他就会跟我说他既不认识热娜维艾芙，也不认识雅克林娜·德朗克。看到这个长着鼬鼠脑袋的家伙，我怒不可遏。也许对我来说，突如其来的这个人代表了我侦察过程中询问过的所有那些所谓证人，由于他们的愚蠢、恶劣或者冷漠，他们对看见过的事情从来就弄不出个所以然来。我迈着沉甸甸的步子走过去，横在他面前。我的个头比他高出二十来公分，体重是他的两倍。

“我看看大楼的墙面都不行吗？”

他看着我，目光冷漠、胆怯。我本想给他来个下马威，吓得他屁滚尿流的。

过后，为了让自己平静下来，我在土台的一张长凳上坐下，那里靠近大街的入口，在墨西哥电影院的对面。我脱掉左边的鞋子。

天气晴好。我沉浸在自己的思绪中，浮想联翩。雅克林娜·德朗克可以对我的谨慎放一百个心，舒罗可能永远都不会知道萨瓦宾馆、孔岱、拉封丹汽车修理厂以及那个名叫罗兰的人，此人应该就是笔记本里面记录的那个穿麂皮外套的棕发男子。"露姬。二月十二日，星期一，二十三点。露姬四月二十八日十四点。露姬和那个身着麂皮外套的棕发男子。"我翻阅这个笔记本的时候，每每看到她的名字，都会在名字下面用蓝铅笔画一道杠杠，还在活页纸上把所有与她相关的内容都重抄了一遍。有日期。有时刻。尽管如此，她没有任何理由担忧。我可能再也不去孔岱了。有那么两三次，我在那家咖啡馆里，坐在其中的一张桌子旁等她，但她却没有来，说实在的，我倒觉得这是很幸运的事情。在她并不知情的情况下监视她，我可能会很局促不安的，是的，我会为自己扮演的角色感到羞愧难当。我们有什么权利强行闯入别人的生活？我们有什么了不得的，竟然像《圣经》中试心一样傲慢地探测他们的内心世界，并且要他们交代？……凭什么？我脱掉鞋子，按摩着脚背。痛苦减轻了。夜幕降临。我猜想，要是在从前，此时此刻正是热娜维艾芙·德朗克去红磨坊上班的时间。她的女儿独自一人呆在六楼。小姑娘长到十三四岁的时候，一天晚上，母亲上班去了，她小心翼翼地从那栋大楼里溜了出来，她非常小心，以免引起看门人的注意。走到外面之后，她并没有越过那条大街的街角。起初的那段日子，到墨西哥电影院看十一点钟的那场电影，她就很满足了。然后，她回到那栋楼房，上楼梯，不开定时楼梯开关，尽可能轻地关门。有一天夜里，在电影散场之后，她晃荡到了更远的地方，到了布朗西广场。然后，每天晚上，她都会走到更远一些的地方。未成年流浪，圣乔治街区和大采石场街区的警察分局事件记录里就是这么写的，大采石场这几个字让我想起皎洁月光下的一片草地，过了考兰古桥之后，在公墓的后面，一片终于可以在那里呼吸新鲜空气的草地。她母亲到警察分局来接她回去。从那以后，愈发不可收拾，再也没有人能把她拦住。在茫茫黑夜里向西漫游，这是我从贝尔诺尔提供的资料的蛛丝马迹中得出的判断。首先是星形广场街区，再往西去，是诺伊利和布洛涅森林。可她为什么要嫁给舒罗？结婚之后再次出逃，但这一次却是朝左岸逃，就好像过河之后，她就逃脱了迫在眉睫的危险，并得到了保护。可是，这桩婚姻对她来说不也是一种保护吗？假如她有足够的耐心呆在诺伊利，久而久之，人们就会忘记在让－皮埃尔·舒罗夫人的底下还藏着一个雅克林娜·德朗克，而这个雅克林娜·德朗克的名字两次出现在警察局的事件记录本上。

很显然，我仍然受到长久以来的职业性条件反射的支配，这种条件反射也让我的同事津津乐道，他们说我即使是在睡梦之中，也在做侦查工作。布雷曼把我与战后被人称作“边睡觉边抽烟的人”的那种流氓无赖相提并论。这种人在床头柜边永久性地放着一个烟灰缸，上面搁着一支点燃了的香烟。他的睡眠也是断断续续的，每每醒来，他都要吸一口烟。一支烧完了，他又点燃另外一支，动作犹如梦游者。但是，到第二天早上，他就什么也记不得了，他还以为自己睡得很沉很香呢。我也一样，坐在这张长凳上，在茫茫夜色中，我感觉就像在做梦一样，我在梦中继续追寻着雅克林娜·德朗克的行踪。

更确切地说，我感觉到她就在这条灯火如闪烁的信号灯一样辉煌的林荫大道上，我分辨不出这些信号灯，也不知道它们是从哪个远古年代发给我的。而这些灯火在土台的黑暗中显得更加璀璨夺目。既璀璨夺目又飘渺悠远。

我穿上了那只皮鞋，重新把我的左脚塞进鞋子里，离开了这张我原本很乐意在那里过夜的长凳。我像她十五岁那年被人抓住之前一样，沿着土台往前走着。是在哪里，是在什么时候，她开始被人盯上的呢？

让－皮埃尔·舒罗慢慢就会死心的。我有时还会在电话里告诉他一些含糊不清的信息——当然全都是谎言。巴黎是个很大的城市，要糊弄某个人是轻而易举的事情。当我感觉到自己已经让他误入歧途之后，我就再也不回他的电话了。雅克林娜可以信赖我的。我会让她有足够的时间隐藏到一个别人永远也找不到的地方。

此时此刻，她也在这个城市的某个地方游荡着。要不，她正坐在孔岱的一张桌子旁。但她什么也不用害怕了。我再也不会去他们聚会的那个场所。

我长到十五岁的时候，别人可能都以为我已经十九岁了。甚至以为我满了二十岁。我本名雅克林娜，不叫露姬。我第一次趁母亲不在家跑出去时，年纪还要小。她在晚上快九点钟的时候去上班，凌晨两点钟之前不会回来。第一次从家里跑出去之前，我早就想好了，万一在楼梯上被门房撞见了，我该如何撒谎。我会告诉他我要到布朗西广场那里的药店去买一种药。

我一直没有再回过这个街区，直到有一天晚上，罗兰带我乘坐出租车去那个名叫居伊·德·威尔的朋友家。我们相约和所有那些经常参加聚会的人在他家里见面。罗兰和我，我们俩才认识没多久，当他叫出租车在布朗西广场停下时，我什么也不敢跟他说。他想和我走一走。他也许没有注意我抓着他的胳膊抓得有多紧。我感到天旋地转。我觉得要是我穿越那个广场的话，我会晕倒在地。我好害怕。他常常跟我说起“永恒轮回”[①],他或许会明白的。是的，我所有的一切又从头开始了，就好像跟那些人的聚会只是一个借口，就好像是有人派了罗兰过来，把我悄悄地带回我的老家。

我们没从红磨坊前面经过，让我松了一口气。可是，我母亲离世已经四年了，我再也没有什么好怕的了。她夜里不在家的时候，我每一次从那套房子里逃出来，总是走在林荫大道另一边的人行道上，那边属于九区。那条人行道上没有一点灯光。于尔·费里中学那幢黑魆魆的大楼，那些窗户都已经漆黑一团的大楼的墙面，一家餐馆，但餐馆的大厅好像总是昏暗不明。而每一次，从土台的另一边，我都忍不住要看一眼那个红磨坊。当我走到棕榈咖啡馆附近，准备进入布朗西广场时，我就没那么从容不迫了。那里又有灯光了。有一天夜里，我从那家药店前面经过，看见我母亲和其他客人在一起，在窗户玻璃后面。我暗忖她比往常提早下班了，会很快回家。假如我跑的话，我可以比她先到。我站在布鲁塞尔街的街角，想观察一下她会选择走哪一条路。但是，她穿过广场，回到了红磨坊。

---

① “永恒轮回说”是尼采用来回答事物运动发展归宿的一种学说，是其整个思想体系的基础，被尼采自己视为“天命”和核心思想。

我常常觉得惶惶不安，为了让自己的心情平静下来，我很想去找母亲，但是那可能会打搅她工作。今天我却可以肯定她是不会呵斥我的，因为她来大采石场警察分局接我的那天晚上，她一句批评的话都没说，没有对我进行威逼，没有给我上什么德育课。我们默默地走着。在走到考兰古桥中间的时候，我听见她冷漠地说“我可怜的孩子”，但是我很纳闷，不知道她是在说我，还是在说她自己。等我脱了衣服上床之后，她才走进我的卧室。她坐在床边，一句话也没说。我也是。最后她终于露出了微笑。她对我说：“我们俩都不是很健谈……”说完，她目不转睛地凝视着我。她还是第一次注视我那么久，我也是第一次发现她的眼睛是那么明亮，眸子呈灰色或者淡蓝色。灰蓝色。她朝我俯下身子，亲了一下我的脸颊，更确切地说，我感觉到她的嘴唇蜻蜓点水般掠过。依然是凝视着我的目光，炯炯有神但心不在焉的目光。她把灯熄了，在关上房门之前，她对我说：“别再那么干了。”我觉得这是我们惟一的一次交流，很短暂也很笨拙，但对我的内心造成强烈的震撼，以至于我现在很后悔在那件事发生之后的几个月里，我没有对她做过一次冲动的事情，否则我们之间还会出现这种交流的。但是，我们俩谁也不是那种感情容易外露的人。也许，她对我不抱任何幻想才会对我漠不关心。她也许在心里对自己说，这闺女没什么好指望的，因为我就是她的翻版。

但是，我当时并没有去想这些事情。我一直是活在当下，不去问为什么。罗兰把我带回这个我一直回避的街区时，一切都已经面目全非了。母亲死后，我就没有踏上过这片土地。出租车开进了昂丹马路街，我看见最里头三位一体教堂那一团黑乎乎的影子，就像一只正在放哨的雄鹰。我觉得很难受。我们正在接近边界。我告诉自己还有一个希望。我们也许要改道朝右边走去。可是，没有改道。我们笔直地前行，我们穿越三位一体广场，我们在上坡。在到达克里希广场之前，遇到红灯，我差一点就打开车门，落荒而逃。可是，我不能对他做这样的事情。

后来，当我们沿着女修院院长街徒步前往我们聚会的那栋楼房时，我的心才平静下来。所幸的是，罗兰什么也没察觉到。如今，我觉得遗憾的是，我们俩一起在这个街区行走的时间太短暂，我希望走得更久些。我本来想带他参观这个街区的，告诉他我住了六年的地方，那一切都变得非常遥远，是在另外一种生活当中……母亲死后，把我和那段时期牵扯到一起的惟一联系，是某个名叫居伊·拉维涅的人，他是我母亲的男友。我早就明白，是他在支付那套房子的租金。如今，我还时不时地跑去看他。他在奥特依的一家汽车修理厂工作。但我们几乎从不谈论过去。他和我母亲一样，也属于不善言谈的人。那些人把我带到警察局时，问了许多我必须回答的问题，但是，刚开始的时候，我总是缄默不语，于是他们对我说：“你呀，你不善言谈。”假如母亲和居伊·拉维涅也落到他们手里，他们也会说同样的话。我不习惯别人问我问题。我甚至觉得很奇怪，他们竟然对我的情况感兴趣。第二次，在大采石场警察分局，我碰到的警察比前面那个人更和蔼可亲，我觉得他问问题的方式很有意思。这样一来，就有可能把心里话说出来，而坐在你对面的某个人对你的所作所为也听得饶有兴致。我对这种情况一点也不习惯，所以我都不知道用什么话来回答。那些具体的问题除外。比方说：你是在哪里上学的？考兰古街的圣－万桑·德·保罗女子学校以及安托瓦娜特街的市镇小学。于尔·费里高中没有要我，这件事难以启齿，但我还是深深地吸了一口气，向他坦白了这件事。他朝我俯下身子，仿佛想安慰我似的，声音温柔地对我说：“于尔－费里高中活该倒霉……”这句话让我大吃一惊，我好想笑。他朝我微笑着，直视着我，目光跟我母亲的目光一样炯炯有神，但他的目光更温柔，更加专注。他还问了我的家庭状况。我感觉自己放心大胆起来，我终于把少得可怜的家庭情况告诉他：我母亲原来住在索洛涅的一个小村子里，红磨坊的经理福克雷先生在那个村子里有一处房产。就是因为这个关系，母亲年纪轻轻来到巴黎的时候，就在红磨坊里找到了一份工作。我不知道自己的父亲是谁。我是在索洛涅出生的，但我们从来也没有回去过。母亲常常对我说："我们已经没有屋架了……"他听着我说话，有时还做些记录。而我，我体会到了一种全新的感觉：我把这些少得可怜的细节和盘托出的同时，我自己也如释重负。那些事情说出来之后，跟我就不相干了，我说的是另外一个人的故事，看到他做记录，我觉得轻松自如了。倘若所有那一切都白纸黑字地写了下来，那也就意味着都结束了，就像人死了会在他的坟墓上刻上名字和日期一样。我滔滔不绝地越说越快：红磨坊，我母亲，居伊·拉维涅，于尔-费里高中，索洛涅……我从来都没有机会跟任何人说话。所以这些话语从我这里脱口而出时，那是何等的解脱啊……我的一段人生结束了，这段人生是命运强加到我头上的。从今往后，将会由我本人来决定我自己的命运。一切都会从今天开始，为了毫无羁绊地一往无前，我更愿意他把刚才所做的记录一笔勾销。我准备跟他说一些其他的细节和名字，跟他说一个想象中的家，一个我梦想的家。

凌晨两点钟的时候，我母亲来警察局接我。他跟她说事情不严重。他一直用他那专注的目光凝视着我。未成年流浪，在他们的事件记录簿上就是这么写的。出租车在外面等着。先前，他问我在哪里上学时，我忘记告诉他几个月来我上的是另外一所学校，路程要更远一些，跟这个警察局在同一条道上。下课后我在学校的食堂里等着，母亲在黄昏的时候来接我。有时，她来晚了，我就坐在土台的一张凳子上，等着她。就是在那里，我发现这条街道两边的街名并不一致。那天晚上，她又来接我，在离学校很近的地方，但这一次不是到学校接，而是在警察局里。这条有着两个名字的怪街，似乎想在我的人生中扮演一个什么角色……

母亲时不时地偷偷瞄一眼出租车的计价器。她叫司机在考兰古街的街角停车，当她从钱夹里掏出那些硬币时，我知道了那些钱正好够付车费。剩下的路程我们自己安步当车。我走得比她快，让她跟在我身后。然后，我又停下等她跟上来。在那座俯瞰公墓的桥上我们可以看见下面我们住的那栋房子，我们在桥上停了很久，我感觉到她缓过气了。“你走得太快了。”她对我说道。今天，我萌生了一个想法。我当时可能试图带着她从那狭窄的生活圈里稍稍往外走出来。假如她没死的话，我相信我可以让她看到别的天涯。

随后的那三四年里，我常常走同样的路线，同样的街道，可是我越走越远了。起初，我甚至不会走到布朗西广场。我只是围着那一片房屋兜圈子……最先是那家小得不能再小的电影院，在离我们所住的那栋大楼几米远的大街的一角，在那里，每天晚上十点钟电影准时开演。放映厅里空空荡荡的，只是在星期六例外。电影里的故事发生在一些遥远的国度，譬如墨西哥和亚利桑那。我并不关心电影情节，只对那些如画的风景感兴趣。走出电影院后，在我的脑海里，亚利桑那和克里希大街奇怪地融为一体。熠熠闪亮的招牌和霓虹灯的色彩跟电影中一模一样：橘黄色，祖母绿，夜蓝色，土黄色，色彩太强烈，让我总感觉自己置身于电影或者是在梦中。美梦，还是噩梦，要看具体情况。开始时是噩梦，因为我害怕，因为我不敢去更远的地方。那倒不是因为我母亲。假如她撞见我深更半夜独自一人走在大街上，她也只会批评我一句。她会声音平静地叫我回屋去，好像对我那么晚还在外面瞎逛并不觉得奇怪一样。我觉得我走的是另外一条人行道，黑魆魆的那一条，因为我觉得从那边走的话，母亲对我就鞭长莫及了。

他们第一次把我抓走时，是在九区，在都外街的街头，在那家通宵营业的面包店里。当时已经是凌晨一点钟了。我站在一张高高的桌子前面，吃着一块羊角面包。从那一刻起，这家面包店里总会发现一些奇怪的人，他们大都是从对面的咖啡馆里过来的，无忧咖啡馆。两个便衣警察进来检查身份。我没有身份证，他们想知道我的年龄。我想告诉他们实情。他们把我和另外那个高个子金发男子弄进囚车，金发男子穿着一件翻过来的羊皮外套，好像认识那两个警察。没准他也是干这一行的。一会儿，他递给我一支香烟，但其中的一名便衣警察阻止他这么做：“她还小得很……对身体有害。”我觉得他们彼此都是以你相称。

在警察局的办公室里，他们询问我的姓名，出生日期和住址，他们把我的回答都记录在一个登记簿上。我跟他们解释说我母亲在红磨坊上班。“那好，我们给她打个电话。”其中的一个便衣说道。在记录簿上写字的那名警察跟他说了红磨坊的电话号码。他一边盯着我的眼睛一边拨着那个电话号码。我很忐忑不安。他说道：“您能叫热娜维艾芙 · 德朗克夫人接电话吗？”他那无情的目光一直紧盯着我，于是我垂下了眼帘。而后，我听见他说:“算了……别打搅她了……”说完，他挂掉了电话。现在，他朝我微笑着。他刚才想吓唬我。“这一次就算了，”他对我说道，“但是您下一次再这样的话，我就非通知令堂大人不可了。”他站起身来，我们走出了警察局。那个身着反穿的羊皮外套的金发男子还在人行道上等着。他们让我上了一辆汽车，坐在后面的座位。“我送你回家。”那名便衣对我说道。现在他用你来称呼我了。反穿羊皮外套的金发男子在布朗西广场的药店前面下了车。独自一人再次坐在由那个家伙驾驶着的汽车后座上时，感觉很特别。他在我所住的那栋大楼前面停了下来。“您去睡觉吧。别再干这种事了。”他再一次用您来称呼我。我相信我嘟嘟囔囔地说了一句“谢谢，先生。”我朝楼房的大门走去，开门的时候，我回过头来。他把汽车熄了火，一直目送着我，仿佛要亲眼看见我确确实实已经回到那栋大楼里面。我从卧室的窗户往外看，汽车依然停在那里。我把脸贴在玻璃窗上，很好奇，想知道他到底要待到什么时候。我听见汽车的马达声，然后它掉头，消失在街角。我感到一阵恐惧，这种恐惧常常在夜里把我攫住，比害怕的感觉要强烈得多——我感觉从今往后要独自一人面对人生，无依无靠，没有人来帮我。无论是我母亲，还是其他人。我真希望他一整个晚上都站在大楼前，为我站岗放哨，不只是这天晚上，还有今后的每一天晚上，就像一个哨兵一样，更确切地说，像个照看我的守护天使。

但是，在其他的夜晚，恐惧消失了，我急不可耐地等着母亲离去，好从这套房子里溜出去。我走下楼梯时，心通通地跳着，就好像去赴约一样。再也没有必要跟看门人撒谎了，再也没有必要编造借口或者征求许可。征求谁呢？有必要吗？我甚至都不能肯定会不会再回到这套房间。走到外面之后，我不走那条黑魆魆的人行道了，我走到了红磨坊的那一边。那边的灯光好像比墨西哥电影院放映的影片上的灯光还要强烈。我感到沉醉，淡淡的……我在无忧咖啡馆喝了一杯香槟酒的那天晚上也有过同样的沉醉。生活就在我的前面向我招手。我怎么能蜷缩起来把自己隐藏在四面墙壁之间呢？我害怕什么呢？我要去见人。只需要随便进一家咖啡馆就行了。

我认识了一个女孩子，她的年龄比我要大一些，名叫亚娜特·高乐。有一天夜里，我的偏头痛又犯了，我走进布朗西广场的那家药店买一些维佳宁[①]和一瓶乙醚。付钱的时候，我才发现自己身无分文。那个身着风衣、目光——碧眼——和我相遇过的短头发金发女子走到收银台前面，替我付了钱。我感到局促不安，不知道如何谢她。我提议带她回那套房子拿钱还给她。我的床头柜里总留着一些钱的。她说道："不用的……不用了……下次吧。"她也住在这个街区，但还要往下去一点。她笑盈盈地用她那双碧眼端详着我。她提议带我去喝点什么东西，就在她的住所附近，然后我们到了一家咖啡馆——更确切地说是拉罗什福

① 解热镇痛药，由咖啡因和对乙酰氨基酚组成。

柯街的一家酒吧。这里的气氛和孔岱真是有天壤之别。墙壁上镶嵌了浅色的细木护壁板，就像吧台和那些桌子一样，朝向大街的是一扇彩绘大玻璃窗。绛色的天鹅绒长椅。朦朦胧胧的灯光。吧台后面坐着一个四十来岁的金发妇女，亚娜特·高乐与她很熟，因为她直接叫她的名字苏珊娜，而且彼此以你相称。她给我们送来了两杯皮姆香槟。

“为您的健康干杯。”亚娜特·高乐对我说道。她一直朝我微笑着，我感觉她那双碧眼在打探我，想猜出我脑子里在想什么。她问我：

“您就住在这个街区吗？”

“是的，再往上去一点。”

在这个街区有数不清的区域，这些区域之间的疆界我了如指掌，尽管它们是看不见的。我很胆怯，不大知道自己该跟她说些什么，便补充道：“是的，我住在更上面。这里我们还在刚上坡的地方。”她皱起了眉头。“刚上坡的地方？”这几个字使她吃惊，但是她的脸上依然挂着微笑。这是不是皮姆香槟酒在起作用？我的羞怯融化了。我跟她解释“刚上坡的地方”是什么意思，在这个街区的小学里所有的孩子都是这么说的。“刚上坡的地方”从三位一体广场开始算起，然后一直往上，直到迷雾城堡和圣万桑公墓，然后才往下通往正北面的科里尼昂库尔的腹地。

“你知道的事情还不少嘛。”她对我说道。她脸上的微笑变成了嘲笑。她突然用你来称呼我，可这对我来说显得很自然。她跟那个名叫苏珊娜的人又要了两杯酒。我不习惯喝酒，一杯香槟对我来说就已经过量了。但我不敢拒绝她。为了早点喝完，我干脆一干而尽。她一直默默地观察着我。

“你在上学吗？”

我犹豫着不知该怎么回答。我一直梦想着自己是个大学生，因为我觉得大学生这三个字很好听。但是，自从那一天我被于尔－费里中学拒之门外后，这个梦想对我来说已经是遥不可及的事情。是香槟酒给了我自信吗？我向她俯过身子，也许是为了使她信以为真，我把脸凑近她的脸：

“是的，我是大学生。”

第一次到那里，我没有注意周围的顾客。跟孔岱一点边也沾不上。假如我不怕再见到一些幽灵，我很乐意在某个夜晚故地重游，以更好地弄明白我是从哪里来的。但是凡事得小心谨慎。而且，我也有可能吃闭门羹。有可能换了老板。干这一行的人并不是谁都有美好前景的。

“学什么专业的？”

她的问题出其不意，没给我充分的时间考虑。她那真诚的目光让我深受鼓舞。她肯定想不到我在撒谎。

“学习东方语言。”

她显得很诧异。但后来，她从未问过我学习东方语言的细节、上课时间以及学校的具体位置。她本来应该明白我是不去任何学校的。但是，以我之见，这对她来说——对我来说也一样——我拥有的是某种贵族名号，这种名号我们无需做任何事情就可以继承。她把我介绍给那些经常光临拉罗什福柯街的这家酒吧的客人时，总说我是“大学生”，也许那里的人现在都还记得。

那天夜里，她一直把我送到我住的那栋房子。我也想知道她从事的是何种职业。她对我说，她当过舞蹈演员，但是出了一次事故之后，不得不中断了跳舞生涯。跳古典舞的吗？不，不完全是，不过她接受过古典舞蹈的训练。今天，我很想问自己一个问题：她说自己是舞蹈演员是不是像我说自己是大学生一样？但是那个时候我从来就没想过这种问题。我们沿着封丹街朝布朗西广场走去。她告诉我她“暂时”与那个名叫苏珊娜的女人“合伙”，那是她的一个老朋友，有点像她的“姐姐”。她那天晚上带我去的那个地方，由她们两个人共同打理，那既是酒吧也是餐馆。

她问我是不是一个人住。是的，一个人和我母亲一起住。她想知道我母亲是干哪一行的。我没有说出“红磨坊”那三个字。我口气生硬地对她说：“她是会计师。”无论如何，我母亲完全有可能成为会计师的。她身上有会计师需要的认真和严谨。

我们在那栋大楼的大门前分手。我每天晚上回到那套房子时并没有感觉到那种发自内心的喜悦。我知道早晚有一天我会永远离开那里。我把希望寄托在我即将认识的那些人身上，认识他们之后我的孤独将会结束。这个女孩是我认识的第一个人，也许她会帮助我远走高飞。

“我们明天还见面吗？”她对我问的这个问题显得很吃惊。我的问题太唐突，没能掩饰我的忧虑不安。

“当然。你想什么时候都可以……”

说罢，她朝我投来她那温柔而又揶揄的微笑，就像刚才我跟她解释什么是“刚上坡的地方”时她露出的微笑。

我记不起来了。更确切地说某些细节回想起来的时候已经乱成一团了。五年来，我再也不愿意去回想所有这一切。只要出租车爬上那条街，只要再见到那些熠熠闪烁的招牌——“夜行者”、皮埃罗……我已经记不起拉罗什福柯街的那家酒吧叫什么名字了。红色隐修院？但丁之家？康特尔？是的，叫康特尔。孔岱的顾客中，可能没有一个人去过康特尔。生活中有许多难以逾越的界限。可是，我刚去孔岱的那阵子，在那里见到我曾在康特尔碰到过的一个客人时，我还是大吃一惊，那人名叫莫里斯·拉法艾尔，别人给他取了个绰号叫美洲豹……我真的没料到此人是作家……在锻铁栅栏后面、最里端的小厅有许多打牌和玩其他游戏的人，他身上没有一丁点跟那些人不一样的地方……我认出他了。而他呢，我觉得我的面孔没让他想起任何东西。太好了。我大大地松了一口气……

我从来就没弄明白亚娜特·高乐在康特尔的角色。她常常负责拿走顾客的点菜单，为顾客提供服务。她还坐到他们中间。她认识他们当中的大多数人。她把我介绍给一个长着东方人脑袋、身材高大的棕发男子，那人的衣着非常考究，像是受过高等教育，名字叫什么阿加德，是街区一个医生的儿子。他来的时候总有两个朋友相随：戈丁热和马里奥·贝。有时，他到最里面的小厅里和一些上了年纪的人玩牌和其他游戏。他们会一直玩到早晨五点钟的时候。其中的一个牌客从表面上看是康特尔的真正老板。一个五十岁上下的男子，灰色的头发很短，他也一样穿得非常考究，神情严肃，亚娜特告诉我他是个“老律师”。我记得他的名字：墨塞里尼。时不时地，他站起来，走到吧台后面跟苏珊娜待在一起。有几个晚上，他接替她，亲自上饮料，就像在自己的寓所、自己家里一样，而所有的顾客都是他的客人。他叫亚娜特“我的孩子”或者“骷髅头”，我不明白他为什么这么叫她，我第一次到康特尔的时候，他打量我的目光有些不信任。有天晚上，他问我多大年龄。我的模样已经老了些，我告诉他说我“二十一岁”。他皱着眉头打量着我，满腹狐疑。“您能肯定自己已经满了二十一岁吗？”我越来越窘迫难堪，已经准备把真实年龄和盘托出，但他目光里的严厉突然之间就一扫而光了。他朝我微微一笑，耸了耸肩膀。“那好吧，我们就算您有二十一岁。”

亚娜特喜欢马里奥·贝。他戴着一副镜片略带颜色的眼镜，但他这么做绝对不是他喜欢戴眼镜。是他的眼睛怕光，见光就痛。他的手很纤细。一开始的时候，亚娜特还以为他是个钢琴家，在加沃[①]或者普雷耶[②]举办音乐会的钢琴家中的一员，她对我这么说过。他大约三十岁上下，像阿加德和戈丁热一样。但是，他不是钢琴家，他到底是干什么的呢？他跟阿加德和墨塞里尼关系非常密切。按照亚娜特的说法，墨塞里尼做律师的时候，他们俩跟他一起干过。从此，他们俩就一直为他做事。做什么呢？开公司，她对我说道。可是，“开公司”是什么意思呢？在康特尔，他们常邀我们过去他们那一桌，亚娜特说阿加德对我一见钟情。打一开始，我就感觉到她希望我和他一起出去，也

① 巴黎的一个古典音乐厅，位于巴黎八区，1908 年建成，可同时容纳一千名观众。
② 巴黎交响乐音乐厅，位于巴黎八区，1927 年建成。

许是为了巩固她和马里奥 · 贝的关系。但我感觉对我感兴趣的是戈丁热。他和阿加德一样也是棕发，但个头要高一些。亚娜特跟他没有另外两个那么熟。从表面上看，他很有钱，他有一辆汽车总停在康特尔的门前。他一直住在宾馆里面，常去比利时。

有时出现的是记忆的黑洞。之后，又有一些细节陡地浮现在脑海里，这些细节非常清晰，清晰得都没有什么意义了。他住的是宾馆，常去比利时。有一天晚上，我重复着这个荒唐的句子，就像人们在黑暗中为安抚自己而哼唱的一首摇篮曲结尾的叠句。可墨塞里尼叫亚娜特“骷髅头”究竟是为什么呢？一些细节把另外一些细节给掩盖了，那些细节更难回忆起来。我想起几年之后的一天下午，亚娜特到诺伊利来看我。那是在我和让 - 皮埃尔 · 舒罗结婚半个月之后的事情。我一直都叫他让 - 皮埃尔 · 舒罗，没有叫过别的，可能是因为他比我年龄大，因为他对我一直以“您”相称。她按了三下门铃，这是我事先要求她这么做的。有一刻，我不想答理她，但那么做很蠢，她知道我的电话号码和住址。她从门缝里钻了进来，就好像是偷偷溜进屋子里来偷东西的。她在客厅里环顾着，看着白色的墙壁、茶几、那一堆杂志、那盏红灯罩落地灯和挂在沙发上的让 - 皮埃尔 · 舒罗母亲的照片。她什么也不说。

她摇了摇头。她想参观一下房间。见我和让－皮埃尔·舒罗分房睡时，她显得好吃惊。在我的卧室里，我们俩平躺在床上。

“那么，他是正派人家的孩子吗？”亚娜特问道。问完她就格格大笑起来。

从阿玛依埃街的那家宾馆出来之后，我这还是第一次见她。她的大笑让我很不舒服。我担心她会让我走回头路，回到康特尔的那个时代。可是，前一年她去阿玛依埃街看我时，就告诉过我她已经与其他人分道扬镳了。

“一间名副其实的闺房啊……”

衣柜上摆放着让－皮埃尔·舒罗的一帧照片，照片放在石榴红色的皮制相框里。她站起来，朝相框俯下身子。

“他长得还蛮帅气的……可你为什么要和他分房睡呢？”

她重新躺回到床上，睡在我身边。于是，我对她说我更愿意在别的地方而不是这里见到她。我担心她见到让－皮埃尔·舒罗时会局促不安。因为他在场的话，我们就不能无拘无束地聊天了。

“你担心我带其他人来看你吗？”

她笑了一下，但笑得没有刚才那么爽朗。是真的，我很害怕，即使是在诺伊利，害怕撞见阿加德。我很奇怪，我住在阿玛依埃街的那家宾馆时，他并没有发现我的行踪。

“放心好了……他们离开巴黎已经很久了……他们现在在摩洛哥……”

她抚摸着我的前额，仿佛想安抚我一样。

“我猜想你没跟你丈夫说起过卡巴素的派对……”

她刚才说的这句话里没有丝毫嘲讽的意味。恰恰相反，她那伤感的语调让我震惊。“派对”是她的男友马里奥·贝使用的词藻，就是那个戴着有色眼镜、长着一双钢琴家的手的家伙，他和阿加德带我们去巴黎附近的一家名叫卡巴素的酒店过夜时，就是这么说的。

“这里，真安静……跟卡巴素不一样……你还记得吗？”

对于这些细节，我很想把眼睛闭起来，就像一束强光射过来的时候一样。然而，那一次，当我们离开居伊·德·威尔的那些朋友，当我和罗兰一起从蒙马特回来的时候，我却把眼睛睁得非常大。一切都更加更加清晰，更加犀利，强烈的光线令我目眩，但我最后还是适应了。在康特尔的一天夜里，我和亚娜特一起坐在靠近门口的一张桌子旁，发现同样强烈的灯光。除了墨塞里尼和其他几个在栅栏后面的小厅里打牌的顾客外，那里没有一个人了。当时我母亲一定回到家里很久了。我心里寻思着我不在家她会不会担心。那天晚上，她到大采石场警察分局来接我，我是有些懊悔的。从现在开始，我已经预感到她永远也不会再来接我了。我跑得太远了。我感到一阵恐惧，我想把它掩饰起来，但它不让我呼吸。亚娜特把她的脸靠近我的脸。

“你脸色煞白……不舒服吗？”

我想朝她笑笑，让她放心，但我觉得像是做了一个鬼脸似的。

“没事……不要紧的……”

自从我在夜里离开那套房间之后，我经常有这种短暂的心慌意乱的感觉，或者更确切地说是“血压下降”，有一天晚上当我跟布朗西药店的药剂师解释我的感受时，他就是这么跟我说的。可是，我每次说一句话，我都觉得那是错的或者词不达意。最好还是保持沉默。在大街上，一阵空虚的感觉突然向我袭来。第一次，是在过了西拉诺之后的那家烟店前面。街上人来人往，但我并不放心。我就要晕厥了，那些人却会继续笔直地往前走，根本就不会在意我。血压下降。断电。我必须费很大的劲才能恢复线路。那天晚上，我走进那家烟店，要了几张邮票、几张明信片、一支圆珠笔和一包香烟。我坐在吧台那里。我拿了一张明信片，开始写起来。“再耐心一点，我相信都会好起来的。”我点燃一支香烟，在那张明信片上贴了一张邮票。可是，把它寄给谁呢？我本想在每张明信片上都写一些安慰人的话：“天气晴朗，我的假期过得非常愉快，我希望您也一切都好。再见。亲您。”我一大清早就坐在海边一家咖啡馆的平台上。我在给朋友们写明信片。

“你觉得怎么样？好些了吗？”亚娜特问我。她的脸离我更近了。

“你想出去吸点新鲜空气吗？”

大街从来没像现在这么寂静无人。另一个时代的路灯照耀着它。据说只要上了那个斜坡，就能在几百米远的地方找到星期六晚上的人群，还有那些显示有“世界上最美丽的裸体画”几个字的灯光招牌和停在红磨坊前面的旅游大巴……我害怕这一切喧嚷。我对亚娜特说道：

“我们也许可以呆在半坡那里……”

我们一直走到灯光开始明亮的地方，罗莱特圣母街尽头的那个十字路口。但是我们向后转身，在斜坡上逆行。当我从那边的黑魆魆的人行道往下走时，我慢慢地觉得放松了。只要顺着这条坡道往下走就行了。亚娜特挽着我的胳膊。我们几乎走到了坡道的最下面，女士塔街的十字路口。这时，她问我：

“你想不想来点雪呢？”

我没有听明白这句话的确切意思，但那个“雪”字让我大吃一惊。我以为雪花随时都有可能飘落下来，使我们周围的静谧世界变得更加沉寂。一下雪，也许就只能听见我们的脚步走在雪地上的沙沙声了。某处的钟声敲响了，我不知道为什么会敲钟，心想那是午夜弥撒的时间到了。亚娜特领着我。我任凭她带着我走。我们沿着奥马尔街往前走着，这条街上所有的楼房都是黑漆漆的。就好像它们的每一面都统一成黑漆漆的墙面，在那条街上从头到尾都一样。

“去我的房间……我们来点雪……”

待会儿，等我们一进她的房间，我就会问她“来点雪”是什么意思。由于这些黑漆漆的建筑物的外墙，天气显得更冷了。我是不是在梦中呢，不然怎么能听见我们的脚步发出如此清晰的回声？

后来，我常常走这条路，有时独自一人，有时是和她一起。我常在大白天到她的房间里去找她，或者当我们在康特尔呆得太晚的时候就去她那里过夜。她的房间在拉费里埃街的一家宾馆里，那是一条呈肘子形状的街道，在刚上坡的区域，好像与世隔绝。一架安装了铁栅栏的电梯。上去的速度很慢。她住在最顶层，或者说最后一层。也许，电梯将不会停下来。她凑到我的耳边说道：

“你等会儿就知道了……感觉蛮爽的……我们来点雪……”

她的双手在打哆嗦。在昏暗的楼道里，她紧张得无法把钥匙插进锁孔里。

“你来试试……我，我弄不了……”

她的说话声时断时续，越来越不连贯。钥匙从她手中掉了。我俯下身子摸索着把它捡起来。我终于成功地把钥匙插进了锁孔。电灯是开着的。昏黄的灯光从天花板上的一盏灯那里泻下来。床上凌乱不堪，窗帘拉上了。她坐在床边，在床头柜的抽屉里搜寻着。她拿出一个小巧的金属盒子。她叫我吸那种被她称为“雪”的白色粉末。过了片刻，那东西就让我产生一种神清气爽和轻松自如的感觉。我坚信在大街上侵袭我的恐惧和迷茫的感觉可能永远也不会在我身上再现。布朗西广场的那个药剂师说我血压降低之后，我就觉得自己必须坚强地挺住，同我自己做斗争，努力地把自己控制住。我对此毫无办法。我在严酷的环境中长大。要么往前走，要么一命呜呼。假如我倒下了，其他人还会一如既往地走在克里希大道上。我不应该对自己心存幻想。但是，从今往后，这种情况可能会发生变化。此外，这个街区的街道和边界突然让我觉得极其狭窄。

克里希大道上的一家文具书店一直营业到凌晨一点钟。马德。橱窗上很简单的一个名字。是老板的名字吗？我一直都不敢向那个棕发男子打听，他留着小胡子，穿着一件浅色细方格花呢外套，自始至终地坐在他的办公桌后面读书。每每有顾客购买明信片或者一本信笺的时候，总会打断他的阅读。我去那里的时间段，几乎没有顾客，只是时不时地有几个人从旁边的“夜半歌声”中走出来。常常是，书店里只有我们，他和我。橱窗里陈列的总是原来的那些书，我很快就发现那是些科幻小说。他建议我阅读这些书。我还记得其中几本书的名字：《天上的一颗石头》、《秘密通道》、《海盗船》。我只留下了一本，书名叫《会做梦的宝石》。

右边，靠近橱窗的书架上摆放着一些天文学方面的折价书。我找到一本黄色封面被撕去一半的书：《无限之旅》。这本书我也收藏着。我想，买下它的那个礼拜六晚上，我是书店里惟一的顾客，几乎听不到林荫大道上的喧嚣。橱窗后面，可以清楚地看见一些灯光招牌，甚至那个蓝白相间的“世界上最美丽的裸体画”招牌，但是它们显得那么遥远……我不敢打搅坐在那里埋头读书的那个人。我在寂静中站了十来分钟，他才把头转向我。我把那本书递给他。他微微一笑：“这书非常好。非常好……《无限之旅》……”我准备把书款给他时，他抬起了手：“不用……不用……我把它送给您……我希望您也有一段愉快的旅程……”

是的，这家书店不只是一个避风港那么简单，它也是我人生中的一个阶段。书架旁边放着一把椅子，更确切地说那是一张高梯凳。我坐在那里浏览那些书籍和画册。我心想他是否意识到我的存在。几天之后，他一边读他的书，一边问我这样一句话：“那么，您找到您的幸福了吗？”后来，有人言之凿凿地告诉我：人惟一想不起的东西是人说话的嗓音。可是，直到今天，在那些辗转难眠的夜晚，我却经常能听见那夹带巴黎口音——住在斜坡街上的巴黎人——的声音询问我：“那么，您找到您的幸福了吗？”[①]这句话一点也没有丧失它的亲切和神奇。

晚上，从那家书店出来的时候，我又走到了克里希林荫大道上，我觉得很惊讶。我不是很想往下一直走到康特尔。我的脚步把我带到了坡上。此刻我感受到了上坡或者上楼梯的快乐。我数着每一级台阶。数到三十的时候，我知道我得救了。很久之后，居伊 · 德 · 威尔让我阅读《消失的地平线》，该书讲述的是一些人翻越西藏的雪峰前往香格里拉寺院学习人生奥秘和智慧的故事。可是，没有必要去那么远。我回想起我的夜游。对我来说，蒙马特就是西藏。我只需爬上考兰古街的斜坡就行了。我走到上面，站在迷雾城堡前面，平生第一次可以畅快地呼吸了。有一天，黎明时分，我从康特尔酒吧里逃了出来，当时我和亚娜特

① 这句话原文为 Vous avez trouvé votre bonheur？，字面意思为：“您找到您要的东西吗？”

在一起。我们正在那里等候阿加德和马里奥·贝，他们俩想带我们去卡巴素，同行的还有戈丁热和另外一个女孩。我憋得喘不过气来。我瞎编了一个借口到外面去透气。我撒腿跑了起来。广场上，所有的灯光招牌都熄了，甚至连红磨坊的招牌也不亮了。我的心中充满了沉醉的感觉，这种沉醉是酒精或者那雪什么的永远也给不了的。我往上一直走到迷雾城堡。我已经痛下决心永远也不和康特尔酒吧里的那帮人见面了。后来，我每次与什么人断绝往来的时候，我都能重新体会到这种沉醉。只有在逃跑的时候，我才真的是我自己。我仅有的那些美好的回忆都跟逃跑或者离家出走连在一起。但是，生活总会重占上风。当我走到迷雾街时，我深信有人约我在此见面，这对我来说又会是一个新的起点。再往上去一点，有一条街，我非常愿意在将来的某一天回到那里。那天早晨，我就是从那条街上走过。那里一定就是约会的地点。但是，我不知道那栋大楼的号码。那也无妨。我等待着一个信号为我指路。到了那里，街道豁然通向浩瀚天空，俨如在悬崖边上。我轻松自如地往前走着，这种轻松自如的感觉有时会在梦中出现。你感到无所畏惧，任何危险都不在话下。假如情况真的朝恶劣的方向发展，你只需醒过来就是了。你变得不可战胜。我一直走着，急切地想走到尽头，那里除了蔚蓝的天空和无边无际的空旷外，什么也没有。我的精神状态能够用哪个词来表达呢？我的词汇量非常贫乏。是沉醉吗？是狂喜吗？是心醉神迷吗？ 反正，这条街和我亲密无间。好像以前我就走过。我很快就会抵达峭壁的边缘，我会纵身跳入空中。飘浮在空中，终于找到我一直在寻寻觅觅的那种失重的感觉，那该是何等的幸福啊！那天早晨，那条街道和街道尽头的天空依然历历在目……

然后，生活在继续，时起时伏。在一个心情沮丧的日子里，我在居伊 · 德 · 威尔借给我的那本《不存在的路易丝》[①]的封面上，用圆珠笔把那个名字换成了我的。《不存在的雅克林娜》。

① 这是法国神父让 · 马亚尔 1713 年出版的一部传记。不存在的路易丝本名叫露易丝 · 德 · 贝莱艾尔 · 杜 · 特隆西埃，出生于 1639 年，属于法国安茹最大的贵族，集财富、美貌和智慧于一身。很长时间里，她一直在结婚计划和慈善事业之间徘徊，35 岁的时候一个讲道者的讲道使她遭受良心危机的折磨，使她处于疯狂的边缘。她被关进疯人院后，过着非人的生活。几名神父把她从地牢里救了出来，她开始护理疯子和穷人，献身上帝，成了修女。

那天晚上，我们像是在转灵动桌玩招魂术。我们相聚在居伊·德·威尔的办公室里，他事先熄了灯。或者，只是停电了。我们听见他在黑暗中的声音。他给我们复述了一篇文章，他本来可以在灯光下把这篇文章念给我们听的。不，我这么说对他是不公平的，居伊·德·威尔要是听见我把这次活动说成“转灵动桌”，他会瞠目结舌的。我们的活动比转灵动桌要有价值得多。他会用略微责备的口气对我说：“瞧您说的，罗兰……”

壁炉上有一个枝形大烛台，他点燃了烛台上的蜡烛，然后重新坐到办公桌后面，那个女孩、我，还有一对四十岁上下的夫妻，我们坐在他对面的座椅上，那对夫妻非常注重仪表，那副神气很像中产阶级，我是第一次在那里遇见他们。

我朝她转过头去，我们的目光交织在一起了。居伊·德·威尔微微俯下身子，一直在说话，但语气很自然，差不多是日常说话的语调。每一次聚会，他都要念一篇文章，过后他还会把文章油印给我们。我留下了那天晚上的油印资料。我有了一个参照依据。她跟我说了她的电话号码，我用红色圆珠笔把号码记在了那张纸的下面。

“最大程度的聚精会神在双目紧闭躺下之后才能获得。外面一点点风吹草动，精力就开始分散。站着的话，双腿会耗去一部分精力。睁开的眼睛会减弱集中的精力……”

我费了老大的劲才忍住没爆笑起来，我记得当时的情景，更因为此前我还从未出现过类似的情况。可是，蜡烛的亮光让他的朗读充满庄严肃穆的气氛。我经常与她的目光交汇。从表面上看，她不想笑。不仅不想笑，而且恰恰相反，她显得毕恭毕敬的，甚至还担忧自己听不懂那些话的意思。她的这种严肃认真终于也感染了我。我为自己刚才出现的反应感到羞愧。我想都不敢想，要是我刚才大笑起来的话，会造成怎样的混乱和难堪。从她的目光中，我好像看出了一种求助，一个疑问。我在你们中间够格吗？居伊·德·威尔把手指交叉在一起。他的语气更加庄重，他目不转睛地凝视着她，仿佛只对她一个人说话。她惊呆了。也许她担心别人出其不意地问她一个问题，类似这样的问题："您怎么想呢，我好想听听您对这个观点的看法。"

电灯又亮了。我们在那间办公室还待了好一阵子，跟往常不一样。平常，聚会总是在客厅里举行的，总会有十来个人到场。但那天晚上，我们就四个人，德·威尔也许更喜欢在他的办公室里接待我们，因为我们人数太少。而这天晚上的聚会一开始只是一个简单的约会，没有像往常一样发出邀请，这种邀请可以在你的住所收到，或者假如你是维嘉书店的常客，有人就会在那里把请帖转交给你。正如我保留了一些油印资料一样，这些请帖我也保存了一些下来，昨天我就随手翻到了其中的一张：

亲爱的罗兰

居伊·德·威尔

非常高兴地欢迎您大驾光临

时间：一月十六日星期四晚上八时

地点：卢旺达广场5号

左边二号楼

左边四楼

白色的请帖，相同的尺寸，金属丝字母预示着这可能是一场上流社会的聚会，鸡尾酒会或者生日宴会。

那天晚上，他把我们一直送到公寓的门口。居伊·德·威尔和那对第一次光临的夫妻比我们大了足足二十来岁。由于那架电梯四个人乘坐太拥挤，她和我，我们俩就从楼梯下楼了。

那几栋墙面呈米色或土黄色的千篇一律的楼房边上有一条私人通道。同样的锻铁门，门上方挂着一盏灯笼。一排排一模一样的窗户。过了铁栅栏之后，我们便出现在亚历山大-卡巴那尔街的花园广场。我一定要把这个名字写下来，因为我们的路就是在那里交汇的。我们纹丝不动地在那个花园广场中央待了一会儿，找一些话跟对方说。是我率先打破沉默。

“您住在这个街区吗？”

“不，我住在星形广场那边。”

我想找个借口把她留住，不要那么快就和她说再见。“我们可以一起走一程。”

我们沿着格雷那尔林荫大道，走在高架桥下。她提议沿着这条通往星形广场的地上地铁线步行。假如她走累了，她总是可以坐地铁完成剩下的路程。那一定是在某个礼拜天晚上或者节假日。街上没有汽车驶过，所有的咖啡馆都关门了。总之，在我的记忆里，那天晚上，我们漫步其中的是一座杳无人迹的空城。现如今，当我回想往事的时候，我们的相遇，在我眼里恰似两个在生活中萍踪无定的人的邂逅。我觉得我们俩在这个世界上无依无靠、孑然一身。

“您与居伊·德·威尔认识已经很久了吗？”我问她。

“不久，我是在年初通过一个朋友认识他的。您呢？”

“我嘛，通过维嘉书店。”

她不知道圣日耳曼大街上有这么一家书店，书店的橱窗上贴着用蓝色的字写的标识：东方学以及比较宗教。我就是在那里第一次听说居伊·德·威尔的，一天晚上，书店老板给了我一张请帖，告诉我说我可以参加那里的聚会。“完全适合您这样的人。”我本想问他“您这样的人”是什么意思。他对我还是蛮友好的，这句话应该没有轻蔑的意思。他甚至毛遂自荐地把我“托付”给居伊·德·威尔。

“那家书店还行吗，那家维嘉书店？”

她问这个问题时夹带着嘲讽的语气。不过，也可能是她的巴黎口音让我产生这种感觉的。

“那里可以找到大量有意思的书。我会带您去那里。”

我想知道她都读哪些书，是什么东西吸引她参加居伊·德·威尔的聚会的。居伊·德·威尔建议她读的第一本书是《消失的地平线》。那本书她一丝不苟地读完了。前一次聚会，她比别人到得早一些，居伊·德·威尔就让她进了他的办公室。他在占了整整两面墙的书架上寻找另外一本书借给她。不一会儿，他仿佛突然有了一个主意一样，径直朝办公桌走去，在堆积如山的乱糟糟的资料和信函中拿出一本书。他对她说："您可以阅读这部书。我很想知道您读完这本书之后有什么感想。"她很是忐忑不安。德·威尔跟别人说话的口气就好像他们跟他一样睿智、一样博学似的。他的这种想法到什么时候结束呢？他最终肯定会意识到别人到不了他的高度。那天晚上，他给她看的那本书，书名叫《不存在的路易丝》。是的，那本书我没读过。它讲述的是不存在的露易丝的故事，那是个修女，书里还收录了她的全部信函。她没有按前后顺序阅读，总是随手翻到哪一页就读哪一页。有一些章节给她留下非常深刻的印象。甚至超过《消失的地平线》。在认识德·威尔之前，她读过一些科幻小说，比方说《会做梦的宝石》。还读过一些天文学方面的著作。真是投缘啊……我也一样，非常喜欢天文学。

到了比尔－阿肯站的时候，我寻思着她是乘坐地铁，还是想继续走路、穿过塞纳河。在我们的头顶上，每隔一段时间，都会传来地铁列车的嘎吱声。我们走到了那座桥上。

"我跟您一样，"我对她说道，"也住在星形广场那边。也许离您家不太远。"

她迟疑着。她可能想跟我说一些难以启齿的事情。

"实际上，我结婚了……我住在诺伊利，我的丈夫家里……"

就好像她在跟我忏悔一桩罪孽一样。

"您结婚很久了吗？"

"不，不是很久……是在去年四月份……"

我们继续往前走。我们走到了那座桥中间，到了那座通向天鹅林荫路的台阶附近。她到了台阶上，我跟了过去。她迈着坚定自信的步子走下台阶，就好像去赶赴约会一样。然后，她跟我说话的语速越来越快了。

"有一阵子，我在找工作……我碰巧看到一则招聘启事……是做临时秘书……"

下了台阶后，我们沿着天鹅林荫道往前走。林荫道的两边，一边是塞纳河，一边是河滨上的灯火。而我，我感觉自己走在一艘在深更半夜里搁浅的轮船上面供旅客散步的甲板上。

"在办公室里，有一个男的吩咐我工作……他对我很好……他年纪更大一些……过了一段时间，他想结婚了……"

好像她试图在一个儿时的朋友面前为自己辩护，而这个朋友，她已经很久没有消息了，只是在街上偶然碰到的。

"那您呢，您喜欢结婚吗？"

她耸了耸肩膀，仿佛我刚才说了一句荒唐可笑的话。我每时每刻都在期待她说："瞧你说的，你还不了解我……"

总之，我前世一定认识她。

"他总跟我说，他希望我好……是真的……他对我很好……都有些把自己当成了我的父亲……"

我心想她在等我给出建议。她可能不习惯把心里话告诉别人。

"他从不陪您去参加聚会吗？"

"不，他工作太忙了。"

她是通过她丈夫年轻时代的一个朋友认识德·威尔的，此人带德·威尔去诺伊利他们家里吃过晚饭。她皱着眉头，把所有这些细节都向我汇报，仿佛她担心有任何遗漏，哪怕是最没有意义的细节。

我们走到了那条林荫路的尽头，正前方就是自由女神像。右边有一条长凳。我不知道我们两个是谁先行坐下的，也许我们俩同时有了同样的想法。我问她是不是可以不回家。她这是第三或者第四次参加居伊·德·威尔的聚会，到晚上将近十一点钟的时候才走到康布罗纳地铁站的楼梯那里。而每一次，一想到要返回诺伊利，她就显得垂头丧气的。如此一来，她往后都得乘坐同一路地铁，在星形广场站下车。在萨布隆站下车……

我感觉到她的肩膀碰到了我的肩膀。她对我说，在那顿晚餐上第一次见到居伊·德·威尔之后，他就邀请她到奥黛翁旁边的一个小礼堂里听他的讲座。那一天，他讲的是“阴暗的中午”和“绿光”。从报告厅里出来之后，她在那个街区漫无目的地走着。她漂游在居伊·德·威尔所说的明亮的绿光中。晚上五点钟了。林荫大道上车水马龙，川流不息，在奥黛翁十字路，行人推搡着她，因为她走的是与他们相反的方向，不想与他们一起冲下地铁站的台阶。有一条寂静无人的街道往上通往卢森堡公园，坡度不大。到了半坡后，她走进了一幢楼房边角处的一家咖啡馆：孔岱。“你知道孔岱吗？”她突然用“你”来称呼我。不，我不知道孔岱。说实在话，我不喜欢这个大学区。它勾起我的童年，开除我学籍的那所中学的寝室和多费那街的一个大学食堂，我不得不用一张伪造的学生证，经常去那里混饭吃，因为我经常饥肠辘辘。打那以后，她就经常躲进孔岱。她很快就认识了那里的大部分常客，尤其是两个作家：一个名叫什么莫里斯·拉法艾尔的人，还有一个叫阿瑟·阿达莫夫。我听说过他们吗？听说过。我知道谁是阿达莫夫。我甚至见过他好几次，就在穷人圣于连教堂附近。眼神总是忐忑不安的。我甚至可以说他的眼神里充满惶恐。他走路时光着脚丫穿着一双拖鞋。她没有读过阿达莫夫的任何作品。在孔岱的时候，他有时叫她陪他去宾馆，因为他害怕一个人走夜路。自从她成了孔岱的常客之后，别人就给她取了个绰号。她本名叫雅克林娜，但是他们都叫她露姬。要是我愿意的话，她会把我介绍给阿达莫夫和其他人。还有吉米 · 康贝尔，一个英国歌唱家。还有一个突尼斯朋友，阿里 · 谢里夫。我们可以白天在孔岱见面。晚上，当她丈夫不在家的时候，她也去那里。他常常工作到很晚才回家。她朝我抬起头来，犹豫了片刻之后，她对我说，回诺伊利她丈夫家，她一次比一次觉得艰难。她显得心事重重的，再也没有说一句话。

到最后一班地铁的时间了。我们是车厢里惟一的乘客。在星形广场站换乘之前，她把电话号码告诉了我。

时至今日，每至夜晚，当我走在大街上的时候，我时常会听到一个唤我名字的声音。一个沙哑的声音。音节有些拖长，我马上就分辨出，那是露姬的声音。我转过头去，却不见一个人影。还不只是在晚上，在你不知道今夕何夕的夏日午后的那些休闲时刻也一样会发生。一切都将重新开始，像从前一样。一样的白昼，一样的夜晚，一样的地点，一样的邂逅。永恒轮回。

我还经常在梦中听见她唤我的声音。一切都是如此的清晰——直至最微小的细节——以至于当我一觉醒来的时候，我总会问自己这怎么可能。有天晚上，我梦见自己正从居伊·德·威尔的那栋楼房里走出来，时间恰好就是露姬和我第一次从那里出来的那个时间段。我看了看表。晚上十一点钟。底楼的一扇窗户上爬着常春藤。我走出栅栏，穿过康布罗纳花园广场，径直朝地面地铁走去，就在这时，我听见了露姬的声音。她在叫我："罗兰……"连叫了两声。我在她的声音中听出了嘲讽。刚开始的时候，她嘲笑我的名字，这个名字并不是我的本名。我使用这个名字只是为了图个方便，一个走到哪里都没问题的万能名字，而且还可以拿来做姓氏使用。罗兰，方便实用的名字。尤其是，特别富有法国意味。我的真名太富有异国情调了。那个时候，我总是避免吸引别人的注意。"罗兰……"我转过身去。没有一个人影。我到了广场中央，就像第一次我们不知道该说些什么话的时候一样。醒来之后，我决定去居伊·德·威尔以前住的那个地址，看看底楼的窗户上是不是爬着常春藤。我坐地铁一直坐到康布罗纳。那是露姬返回诺伊利丈夫家的时候乘坐的地铁路线。我一直陪伴着她，我们经常在阿根廷站下车，那里离我住的宾馆很近。每一次，她都打定主意要留在我的房间里过夜，但每次到了最后关头她都咬一咬牙，还是决定回诺伊利……后来的一个晚上，她留下来陪我了，在阿根廷站。

一大清早行走在康布罗纳广场让我有一种异样的感觉，因为我们以前去居伊·德·威尔家时总是在晚上。我推开栅栏门，心想时间都过了那么久，我是没有一丝一毫的机会再遇见他了。圣日耳曼大街上的维嘉书店不在了，在巴黎同样再也见不到居伊·德·威尔了。也见不到露姬了。但是，那株常春藤依然在那里，爬在底楼的那扇窗户上，就像我在梦中见到的一样。这让我大惑不解。那天晚上，真的是在做梦吗？我一动不动，在那扇窗户前伫立良久。我希望听见露姬的声音。希望她再叫我一次。没有。什么也没有。万籁俱寂。但我一点也没感觉到，从居伊·德·威尔的那个时候起到现在，这一段时间已经流逝。相反，这段时间在某种永恒之中凝固了。我想起了当我认识露姬的时候试着撰写的那篇文章。我给它取名为《中立地区》。在巴黎是有些中间地区、一些无人地带的，那里处在一切的边缘，处于中转过境甚或悬而未决状态。在那里能享受到一定的豁免权。我本来可以把那些地方称作自由免税区的，但是中立地区更确切。有一天晚上，在孔岱，我征询莫里斯·拉法艾尔的意见，因为他是作家。他耸了耸肩膀，冷嘲热讽道："我的老弟，这事要您本人才搞得清楚……我不是很清楚您到底想说明什么……就用‘中立’好了，这个问题就到此为止吧……”康布罗纳花园广场，以及塞古和杜布雷克斯之间的那个街区，所有那些通向地面地铁天桥的街道统统属于中立地区，假如我在那些地方见到露姬，那并不是偶然。

那篇文章我已经遗失了。我用扎夏里亚借给我的那台打字机打了五页出来，扎夏里亚是孔岱的一个客人。我在文章的前面写了一句献词：本文献给中立地区的露姬。我不知道她对这篇作品有什么想法。我觉得她并没有把它从头到尾读完。文章有些让人讨厌，里面按行政区罗列了划定这些中立地区的街道的名字。有时是一片房屋，或者一个更宽阔的延伸区域。有一天下午，我们俩都在孔岱，她刚刚读了那句献词，她对我说：“你知道吗，罗兰，我们也许可以到你文章里提到的每个街区各住一个星期……”

我在阿根廷大街上租了一个宾馆房间，它恰恰就处在中立地区。谁会去那里找我呢？我在那里碰到的很少的几个人从身份上来说一定已经死亡。有一天，在浏览报纸的时候,我碰巧在“司法公告”专栏看到一则加有边框的启事，这篇短文的标题是：“失踪声明”。一个名叫塔利德的人已经有三十年没在寓所里出现过，也没有他的任何消息，因此大法庭宣布他“失踪”。我把这则告示拿给露姬看。当时是在阿根廷街，在我的房间里。我跟她说，我敢打包票，那家伙就住在这条街上，包括另外十来个被法院宣布“失踪”的人。而且，我下榻的那家宾馆附近的楼房每栋都标有“带家具出租”字样。这些楼房里可以自由进出，不需要出示任何身份证件，可以在那里躲藏。那一天，我们和其他人一起，在孔岱庆祝拉欧巴的生日。他们灌我们喝酒。回到宾馆后，我们有些醉醺醺的。我打开窗户。我尽可能用最洪亮的声音高喊：“塔利德！塔利德！……”大街上空无一人，那人的名字异样地在大街上回荡。我甚至觉得那回声都在回响。露姬来到我身边，也跟着我一起喊叫：“塔利德！塔利德！……”这个小孩子才玩的游戏让我们大笑不止。但我最后相信这个人马上就要出现了，我们会把在这条街上游荡的所有失踪者都唤醒。过了一阵子，宾馆的夜间守卫跑来敲我们的门。他用从坟墓里出来的声音说道：“请你们保持安静，好吗？！”我们听见他迈着沉重的脚步走下楼梯。这时，我的判断是，他本人就是一个失踪者，就像那个所谓的塔利德，以及所有躲在阿根廷街的出租屋里的人一样。

每次从这条街回我的房间时，我都会想到这些事情。露姬跟我说，她结婚之前，也曾在这个街区的两家宾馆里住过，那是在再往北去一点点的阿玛依埃街，还有星形广场街。那个时候，我们肯定有过擦肩而过却没有注意到对方的经历。

我现在还记得她打定主意不再回她丈夫家的那个夜晚。那一天，在孔岱的时候，她把我介绍给阿达莫夫和阿里·谢里夫。我抱着扎夏里亚借给我的那台打字机。我想开始撰写《中立地区》。

我把打字机安放在房间里的那张小小的硬叶松木桌子上。我已经在脑海里想好了第一个句子："中立地区至少有一个优势：那里只是一个出发点，人们离开那里是迟早的事情。"我知道，一旦在打字机前面坐下来，一切都可能变得没那么简单。也许应该画掉这第一句话。还有后面的那句。尽管如此，我还是觉得自己浑身是劲。

她必须回诺伊利吃晚饭了，可到了八点钟的时候，她依然躺在床上没有动弹。她也没开床头灯。我终于开口提醒她时间到了。

"什么时间到了？"

从她的口气中，我听得出来，她永远也不会再去乘坐在萨博隆站下车的那趟地铁了。我们沉默了好一阵子。我坐在那架打字机前，敲打着键盘。

“我们可以去看电影。”她对我说道，“可以打发时间。”

只需穿过大军林荫大道，就会迎面看见奥布里加多影城电影院。那天晚上，我们俩谁也没有专心看电影。我感觉放映厅里没什么观众。这些观众是不是一家法院宣布“失踪”很久的那些人呢？还有我们自己，我们又是什么人呢？我时不时地扭过头去看她。她没在看银幕，而是低着头，仿佛陷入了沉思。我担心她会突然站起来，又改变主意，决定返回诺伊利。没有。她一直呆到电影结束。

从奥布里加多影城电影院里出来后，她好像松了一口气。她告诉我，从今往后，她回不了她丈夫家了，已经为时太晚。那天她丈夫邀请了一些朋友到家里吃晚饭。现在，都结束了。诺伊利永远也不会再举行任何晚宴了。

我们没有马上回宾馆房间。我们在这个中立地区久久地漫步，我们俩在不同的时期都在这里躲藏过。她想带我去看她住过的那两家宾馆，在阿玛依埃街和星形广场街。我试着去回忆那天晚上她都跟我说了些什么。都已经模糊不清了。只剩下一些片段。现如今，要重新找到那些缺少的或者我可能忘记了的细节，已经为时晚矣。她非常年轻的时候就离开了她母亲以及她和母亲一起居住的街区。她母亲死了。现在她只有一个少女时代结交的女友，一个叫什么亚娜特 · 高乐的女孩。我们和亚娜特 · 高乐在阿根廷街、靠近我住的那家宾馆的一家破旧的餐馆里一起吃过两三次晚饭。一个金发碧眼女子。露姬跟我说别人叫她“骷髅头”，因为她那瘦削的面孔与丰满的体态形成的反差太强烈了。后来，亚娜特·高乐还到塞尔街的那家宾馆里找过她，那一天，我撞见她们俩在那个房间里，那里散发着一股乙醚味道，我本该动脑子好好想想的。然后，在一个风和日丽的下午，在圣母院对面的河堤上，我一边在那些旧书商的木箱里淘书，一边等着她们俩到来。亚娜特·高乐说她和一个人在格朗-德格雷街有约会，那人会“给她带一点雪来”……她听了那个“雪”字后笑了，因为我们当时还在七月份呢……在旧书商的一个绿色木箱里，我突然发现了一本口袋书，书名叫《美丽的夏日》。是的，这是个美丽的夏日，因为在我看来它是永恒的。然后，我猛然看见她们，两人正走在河堤另一边的人行道上。她们从格朗-德格雷街走出来。露姬抬手跟我打了一个手势。她们在阳光下，在静谧中，款款朝我走来。她们常常像这样在我的梦中出现，她们俩，在穷人圣于连教堂附近……我觉得那天下午，我好幸福。

我不明白为什么有人给亚娜特·高乐取了个绰号叫骷髅头。是因为她那高高的颧骨和眼角上斜的眼睛吗？那个时候，她依然处在锦瑟年华，青春魅力四射。那些无眠之夜，那些正如她所说的雪，都没在她的身上留下任何痕迹。多长时间了？我本该对她起疑心的。露姬不带她去孔岱，也不带她去参加居伊·德·威尔的聚会，仿佛这个女孩只是她的一个影子。我在场的时候，只听她们说过一次她们俩共同的过去，不过她们说得闪烁其词的。我感觉到她们俩有着共同的秘密。有一天，当我和露姬从马比庸地铁站走出来时——那是十一月的一天晚上六点钟的时候，夜幕已经降临——她认出了某个人，那人正坐在拉贝格拉酒吧的大窗户玻璃后面的一张桌子旁。她往后退了几步。那是一个五十岁上下的男子，表情严肃，棕色的头发平贴在脑袋上。他与我们差不多是面对面，也有可能看见了我们。但我觉得他正在跟旁边的某个人交谈。她抓住我的胳膊，把我拉到福尔街的另一边。她跟我说，两年前，她就因为亚娜特·高乐的关系认识了那个家伙，当时他打理着九区的一家餐馆。她压根儿没预料到会在这里遇见他，因为这里是左岸。她显得忧心忡忡的。她使用“左岸”这两个字，仿佛塞纳河就是一条分界线，把两个分属不同国家的城市分割开来，就像金属卷帘门一样。拉贝格拉咖啡馆里的那个人成功地越过了这条边界。他在马比庸十字路口的出现真的让她惴惴不安。我问她那人叫什么名字。墨塞里尼。那她为什么要躲开他呢。她没有明确地回答我的问题。她只是说，这家伙唤起了她最糟糕的回忆。她一旦与什么人断绝往来，那会是决绝的，在她看来，他们都已经死了。假如这个人还活着，有可能与她狭路相逢，那么最好还是转移到别的街区去。

我安慰她，让她放下心来。拉贝格拉跟别的咖啡馆不一样，店里的顾客有些鬼鬼祟祟的，与我们正在行走的这个大学生和放荡不羁的艺术家、作家组成的街区很不协调。她跟我说，这个墨塞里尼，她是在九区认识的？没错，拉贝格拉正如圣日耳曼－德－普雷的皮嘉尔的附属，但人们不是很明白个中原因。只需要走到另一边的人行道上，避开拉贝格拉就行了。没有必要更换街区。

我本该说得语气坚决些，让她闭口不再提及这件事情，但我知道万一她想说服我的话，她大致会怎么回答……我在童年和青少年时期不知见过多少墨塞里尼一类的人，过后我们总会问自己，这些家伙干的到底是什么样的非法勾当……我不是经常看见我哥哥和这伙人厮混在一起吗？这么多年过去了，我也常想，可以对这个名叫墨塞里尼的人展开一些调查。可那又有什么必要呢？对于露姬，除了我已经知道的那些或者猜测出的那些事情，我不会了解到更多的东西。我们果真要对我们刚开始人生之旅时认识、后来又被我们放弃的人负责吗？我父亲，还有所有那些和他在宾馆大厅或者咖啡馆的后间里窃窃私语、带着我永远也不会知道里面装着什么东西的箱子的人，我要对他们负责任吗？那天晚上，发生那件冤家路窄的事情之后，我们走到了圣日耳曼大街。我们走进维嘉书店的时候，她好像松了一口气。她有一张书单，那些书都是居伊·德·威尔建议她读的。这张书单，我现在还保存着。每一个参加聚会的人，他都会向他派发这种书单。“您没有必要把这些书同时读完，”他习惯这么说，“最好选出其中的一本，每天晚上在睡觉之前读一页。”

《天堂里的第二个我》

《上帝在奥贝兰的朋友》

《珍珠之歌》

《曙光柱》

《光明财宝的十二个救护者》

《器官或微小的中枢》

《神秘玫瑰园》

《第七个山谷》

这都是些淡绿色封面的小册子。刚开始的时候，在阿根廷街我的那个房间里，露姬和我，我们会高声朗读这些书。当我们没有道德准则的时候，这是一种约束。现在想来，我们读这些书的方式并不一样。她希望从中发现人生的真谛，而让我着迷的则是那些词语的铿锵有力和句子的悦耳动听。那天晚上，在维嘉书店，她好像忘记了那个什么墨塞里尼以及此人带给她的那些沉痛记忆。今天，我终于明白了，她阅读那些淡绿色的册子和“不存在的路易丝”的传记，并不是要寻找一个行为准则。她只想逃走，逃到更远的地方，用剧烈的方式割断与日常生活的联系，呼吸到自由的空气。然后，一想到被你抛在身后的那帮家伙会找到你，要跟你算账，你就会时不时地感到惶惶不安。必须隐藏起来，才能躲开那些讹诈者，希望有朝一日能够彻底摆脱他们。去那里，去山上的顶峰，或者外海，呼吸自由的空气。这种事情我太明白不过了。我也一样，我依然拖拽着那些惨痛的回忆和孩提时的噩梦形象，我要收拢前臂、紧握拳头对付它们，让它们消失得无影无踪。

我跟她说转移到人行道的想法很愚蠢。最后，我终于把她说动了。今后，从马比庸地铁站出来后，我们不再避开拉贝格拉。一天晚上，我甚至把她带到了那家咖啡馆里面。我们站在柜台前，不屈不挠地等待着墨塞里尼。还有过去所有的幽灵。跟我在一起，她什么都不怕。只能是直视着幽灵的眼睛把它们逼退，除此以外没有更好的办法。

我觉得她又恢复了信心，即使墨塞里尼出现的话，她都不会动一下。我教她用斩钉截铁的语气说一句话，我处在这种情况下都能脱口而出："您搞错了，先生……不是我……我很抱歉……您认错人了……"

那天晚上，我们徒然等了墨塞里尼那么长时间。我们从此再也没有在那家咖啡馆的玻璃窗后面看见过他。

她没回丈夫家的那个二月里下了很多雪，我们在阿根廷街，就好像迷失在一个位于雪峰上的旅店里。我发现在一个中立地区生活很艰难。说实在的，最好是靠近中心。这条阿根廷街——我记录了巴黎一些跟它相似的街道——最让人觉得奇怪的是，它与它所属的行政区一点也不相称。它跟哪个都不相称，别具一格。覆盖了一层雪之后，这条街道的两头通向白茫茫的一片。我也许应该重新找到那些街道的名单，它们不仅仅是一些中立地区，而且还是巴黎的黑洞。更确切地说，是这种黑暗物质发出的亮光，这种黑暗物质是天文学上说到的，这种物质可以使所有的东西都看不见，甚至能够抵御紫外线、红外线和 X 光。是的，久而久之，我们很有可能被这种黑暗物质吸进去。

她不想呆在一个离她丈夫的住所太近的街区。只有两站路。她一直在左岸寻找一家靠近孔岱或者居伊·德·威尔住的那套寓所的宾馆。那样的话，她就可以走路去了。可我却害怕回到塞纳河的那一边，靠近那个六区的地方，我的童年就是在那里度过的。痛苦的回忆多得数也数不清……但有什么必要再去说它们呢，一些人在那里经营奢侈品店，一些有钱的外国人在那里买房子，对于他们以外的人来说，那个行政区今天已经不复存在……那个时候，我还能在那里找到一些我孩童时代的遗迹：多费那街上的那些破败不堪的宾馆，装教理书的库房，位于奥黛翁十字路口、一些美军基地的逃兵在那里从事非法买卖的那家咖啡馆，绿加朗的黑黢黢的楼梯，还有马扎利纳街那堵积满污垢的墙壁上的一行文字："永远也别工作"，我每次去上学都要念到这句话。

她在稍往南边靠近蒙帕纳斯的地方租到一个房间时，我还待在星形广场附近。在左岸，我一心想要避开那些幽灵。除了孔岱和维嘉书店外，我宁可不在我从前住过的这个街区耽搁太久。

另外，还得弄到钱。她卖掉了一件毛皮大衣，那可能是她丈夫送给她的礼物。卖掉大衣后，她就只剩下一件风雨衣了，这风雨衣太单薄了，无法抵御寒冬。她读着那些小广告，像结婚之前一样。她时不时地跑去奥特依看一名汽车修理工，那是她母亲的一位老朋友，接济过她。我几乎不敢透露我所从事的是什么样的工作。可是，何苦隐瞒真相呢？

一个名叫贝洛－贝多万的人也住在我租住的宾馆旁边那一片房屋之间。确切地说，是在西贡街8号。一个带家具出租的房间。我经常与他擦肩而过，但现在我已经想不起我们第一次说话的情景了。一个头发鬈曲、属于阴险奸诈型的家伙，穿着总是挺讲究的，装出一副上流社会人士的潇洒派头。当时，我坐在他对面，坐在阿根廷街那家咖啡馆餐厅的一张桌子旁，那是一个冬日的午后，巴黎正在下雪。当他问我那个人们常问的问题“您呢，您是做哪一行的”时，我跟他说我想“写作”，而他呢，这个贝洛－贝多万，我不是很明白他所在公司的名称。那天下午，我一直陪他到了他的“办公室”——“离这里非常近，”他说道。我们的脚步在雪地上留下了印子。只需要笔直地往前走到夏尔格兰街就行了。我查阅了那午的一本旧年鉴，想查出这个贝洛－贝多万到底在哪里“工作”。有时，我们会回想起我们人生的某些片段，我们需要证据来证实我们没有做梦。夏尔格兰街14号。“法国商务出版社”。一定是在那里的。今天，我觉得自己没有勇气去那里、去辨认那栋楼了。我已经很老了。那一天，他没让我上楼去他的办公室，但第二天我们在同一时间同一家咖啡馆再次见面。他建议我做一项工作。为一些公司或者机构撰写小册子，他多多少少是那些公司或机构的推销员或者广告代理，而那些册子将会在他的出版社出版。他会支付我五千法郎。但那些文章要挂他的名字。我只是给他做枪手。他会把所有需要的资料都提供给我。就这样，我撰写了十来部小作品：《布尔布雷的矿泉水》《绿宝石海岸的旅游业》《巴尼奥尔－德－罗纳地区宾馆和俱乐部的历史》，还有一些有关约旦银行、瑟里格曼、米拉波和德马西银行的专著。我每次坐在工作台后面，都担心自己会因为厌倦而呼呼大睡。但工作做起来还是很简单，只需把贝洛－贝多万所做的笔记整理成文就可以了。他第一次带我去法国商务出版社的所在地时，我非常吃惊：那是底楼一个没有窗户的房间，但在我那个年龄，是不会问自己太多问题的。那个年龄的人对生活充满信心。两三个月后，我就不再有这个编辑的消息了。答应给我的稿酬他只预付了一半，但也足够我花销了。有朝一日——假如我有足够力量的话为什么不是明天呢——我也许应该去西贡街和夏尔格兰街朝圣，那是一个中立地区，贝洛－贝多万和法国商务出版社都随着那个冬天的雪一起从人间蒸发了。还是不行，思来想去，我真的没有勇气那么做。我甚至在想，那些街道是否还存在，是否已经被那些黑暗物质永远吸走了。

我更愿意在一个春天的夜晚信步走到香榭丽舍大街上。如今，真正意义上的香榭丽舍已经不复存在，不过，到了晚上，它们还能给人造成一种假象。也许，走在香榭丽舍大街上，我依然能听见你唤我名字的声音……你卖掉毛皮大衣和镶嵌有光面宝石的纯绿宝石的那一天，贝洛-贝多万给我的那笔钱还剩下两千法郎左右。我们有钱。未来属于我们。那天晚上，你善解人意地来到星形广场街区找我。那是在夏天，跟我们与“骷髅头”一起在河堤路那里见面、我看见你们俩迎面朝我走来的那个夏天一样。我们去了弗朗索瓦一世街和马伯夫街街角的那家咖啡馆。他们把桌子都摆到了人行道上。天色还早。街上已经没有汽车了，能听见人们悄悄的说话声和脚步声。接近十点钟的时候，我们走到了香榭丽舍大街上，我寻思着，黑夜是不是永远也不会降临，这是不是一个白夜，不像在俄罗斯和那些北方国家出现的那种白夜。我们漫无目的地走着，我们有整整一个晚上的时间。利沃里街上的拱廊下面还映照着夕阳的余晖。这是在夏初，我们很快就要出发了。去哪里呢？我们还不知道。也许是去西班牙的马略卡岛或者墨西哥。也许去伦敦或者罗马。去哪里已经不重要了，这些地方已经混在一起了。我们旅行的惟一目的就是进入夏日的中心，时间在那里停止，时钟的指针永远指着同一时刻：正午十二时。

到王宫的时候，夜幕降临了。我们在卢克－尤尼维尔咖啡馆的露台上歇了一会儿，然后继续上路。一条狗跟着我们从利沃里街走到圣保罗。然后，它走进了那座教堂。我们一点也不觉得累，露姬告诉我，她可以走一整夜。我们穿过兵工厂之前的一个中立地区，那几条街渺无人踪，从那里经过的人不禁要问，那里是否有人居住。我们发现，在一幢房子的二楼，有两扇大窗户亮着灯。我们坐在对面的一张长椅上，情不自禁地望着那两扇窗户。那盏电灯的灯罩是红色的，在房间的最里头，暗淡的灯光就是从那里映照下来的。我们还可以看见，在左边的墙上有一面镶了镀金镜框的镜子。另外几面墙上什么也没有。我守候着一个可能会在窗户后面出现的身影，可守了半天也不见有人在这个不知道到底是客厅还是卧室的房间出现，恐怕一个人也没有。

"我们应该去按门铃，"露姬说道，"我保准有人在等着我们。"

那张长椅位于在两条街的交汇处形成的一个类似于土台的地方的正中间。几年之后，我坐在一辆出租车上，沿着兵工厂去往河堤路。我让司机把车停下。我想找到那张长椅和那幢房子。我希望二楼的那两扇窗户过了那么长时间之后依然亮着灯。可是，我差点就在几条通往塞莱斯廷[①]会修士住的那些粗陋房屋外墙的小街上迷失方向。那天晚上，我对她说没有必要去按门铃。因为里面可能不会有人。再说了，我们坐在那里，坐在长椅上也挺好的。我甚至听见某个地方有泉水的潺潺声。

“你确定吗？”露姬问道，“可我，我什么也没听见……”

对面的那套房间住的是我们俩。我们忘记关灯了。我们一时把钥匙弄丢了。刚才跟着我们的那条狗一定在等着我们。它在我们的卧室里睡着了，它会在那里等着我们回来，直到时间的尽头。

后来，我们朝北边走去，为了不偏离航向，我们确定了一个目标：共和国广场，但是我们并不能肯定我们是否走对了方向。走错了也无大碍，假如我们迷路的话，我们任何时候都可以乘坐地铁，回到阿根廷站。露姬跟我说，小时候，她常来这个街区。她母亲的朋友居伊 · 拉维涅在附近有个汽车修理厂。是的，在共和国广场附近。我们每见到一家修理厂都要停一下，但我们一直没找到她所说的

① 圣塞莱斯廷五世（又译圣则肋司定五世、圣雷定五世、圣切莱斯廷五世 1215—1296），意大利籍教皇，塞莱斯廷修会创始者，1294 年当选教皇。

那一家。她已经找不到那条路了。下一次她去奥特依拜访居伊·拉维涅的时候，她一定得问问他以前的修理厂的地址，要赶在这个家伙消失之前，他也会跟着消失的。这看上去没什么，但这很重要。不然的话，我们的人生当中将不再有任何参照依据。她还记得她母亲和居伊·拉维涅在复活节后的礼拜六带她去过御座交易会[①]。他们是走路去的，走的是一条没有尽头的林荫大道，跟我们走的那一条很相像。可能就是同一条道。但我们已经偏离了共和国广场。那些礼拜六，她常跟母亲和居伊·拉维涅一起走到万森森林的边缘。

快到午夜了，我们俩要是出现在动物园的栅栏前会显得很奇怪的。我们会看见半明半暗的夜色中的大象。但是，到那里后，出现在我们眼前的是一块明亮的林间空地，中间耸立着一座雕像。共和国广场。我们越往前走，演奏的音乐声也越来越大。舞会吗？我问露姬是不是到了七月十四日。她知道的并不比我更清楚。一段时间以来，白天和黑夜都混在一起了，我们都分不清日夜。音乐是从一家咖啡馆里飘出来的，咖啡馆在靠近林荫大道和大修院街的拐角处。

---

① 法国规模最大、持续时间最长的一个交易会，1965年迁往万森森林里的鲁利草坪，在每年四五月份举办。1965年之前的举办地址为现今的民族广场，该广场从前叫御座广场，交易会由此得名。

太晚了，已经坐不上最后一班地铁了。就在那家咖啡馆过去一点点，有一家开着门的宾馆。一盏没有灯罩的裸灯照着一道非常陡峭的黑木楼梯。值夜者甚至都没问我们的名字。他只是跟我们说了二楼一个房间的号码。“从现在开始，我们也许可以住在这里。”我对露姬说道。

一张只能睡下一个人的床，但对我们来说并不是很窄。窗户上既没有窗帘也没有百叶窗。我们开着窗户，因为天气很热。楼下的音乐不响了，我们听见朗朗的大笑声。她凑到我的耳边说：

“你说的有道理。我们应该永远待在这里。”

我想，我们正在一个远离巴黎的地方，在地中海的一个海港上。每天早晨，我们在同一个时刻，沿着海滩的那条路漫步。我记住了那家宾馆的地址：大修院街 2 号。依维尼亚宾馆。在随后那暗无天日的几年里，时常有人问我要住址或者电话号码，我总会说：“您只要写信到大修院街 2 号的依维尼亚宾馆就行了。如果我不在，会按新地址转交的。”我也许应该去找找所有那些信，它们等着我去取回，已经等很久了，一直都没有给人回复。你说的没错，我们本该永远待在那里的。

阔别多年之后，我还见过居伊·德·威尔一回，那是最后一次。在通向奥黛翁那条有斜坡的街上，一辆汽车在我旁边停了下来，然后我就听见有人叫我以前的名字。我还没有回头就听出了那声音。他从车门上降下的玻璃窗里探出身子。他朝我微微一笑。他没有变。只是头发比以前要短些。

那是在七月份。天气很热。我们俩一起坐在汽车的引擎盖上叙旧。我不敢告诉他，我们离孔岱以及露姬进出的那扇门也就是那扇黑暗之门只有几米远。但那扇门已经不复存在了。如今，那里变成了玻璃橱窗，展示着鳄鱼包、靴子，甚至还有一个鞍马和一些马鞭。商店的名字叫“孔岱亲王”。是一家皮具商店。

“嗨呀，罗兰，您别来无恙？”

依然是跟以前一样的清脆的声音，他在给我们朗读那些深奥莫测的文章时，这声音能够拉近我们的距离。他还记得我和我那个时候的名字，挺让我感动。那么多人参加聚会，卢旺达花园广场……有些人只来一次，出于好奇，另外有些人则持之以恒地参加。露姬属于后者。可是，居伊·德·威尔从不接收弟子。他压根儿就不把自己当什么思想家，也不想对别人施加任何影响。他们是自己找上门来，而不是他要他们来的。有时，我们估摸着，他可能更愿意一个人呆着做自己的梦，可是他不能拒绝他们的任何要求，尤其是他要帮助他们，让他们更好地看清自己。

“那您呢，您回巴黎了？”

德·威尔微微一笑，用揶揄的目光打量着我。

“您还是老样子，罗兰……您总是用另外一个问题来回答问题……”

这一点他也没有忘记。他经常拿我这一点来开玩笑。他说，假如我做拳击手的话，我一定是一个佯攻高手。

“……我已经很久不在巴黎住了，罗兰……我现在住在墨西哥……等一下我必须把我的地址告诉您……”

那一天我去核实他从前住的那栋房子底楼是否确实长着常春藤的时候，我问过看门人是否知道居伊·德·威尔的新地址。她只是说：“走了没有留下地址。”我跟他讲起了我去卢旺达花园广场朝圣的事情。

“您真是无可救药了，罗兰，还念念不忘那常春藤的事情……我认识您的时候，您还非常年轻，不是吗？您当时多大来着？”

“二十岁。”

“就是啰，我好像觉得您那时候就出发去寻找那消逝了的常春藤了。我没说错吧？”

他的目光一直注视着我，布上了一层愁云。我们也许想到一块去了，但我不敢把露姬的名字说出来。

“真奇怪，”我对他说，“我们聚会的那个时候，我常去那家现在已经不复存在的咖啡馆。”

我用手指了指离我们几米远的地方的那家皮具店。孔岱亲王皮具店。

“是啊。”他对我说道，“最近这几年，巴黎变化太大了。”

他皱着眉头审视着我，仿佛想回忆起一件遥远的往事。

“您一直研究那些中立地区吗？”

他冷不丁问的这个问题，让我猝不及防，一时间没搞明白他在隐射什么。

“您那篇关于中立地区的文章倒是蛮有意思的……”

我的老天爷啊，他怎么记得住那么多事情……我忘记自己曾经让他读过那篇文章。一天晚上，在他家里举办的聚会结束之后，我和露姬，我们待到最后才告辞。我问他有没有一本关于“永恒轮回”的书。我们在他的办公室里，他往书柜的搁架上瞥了一眼。最后，他终于找到了一本黑白封面的书：《尼采：永恒轮回哲学》，然后他把书递给我，随后的那几天，我非常认真地阅读了这部作品。在我外套的口袋里装着那几张关于中立地区的打印文稿。我想把文稿给他，让他提提意见，但我一直在犹豫。直到离开之前，在楼梯的平台上，我才突然决定把装着那几页文稿的信封递给他——但只字不提里面装的是什么。

“您那时对天文学也非常感兴趣，”他说道，“尤其是黑暗物质……”

我可能万万没有想到他还记得这件事情。说到底，他对其他人非常关注，但是这在当时别人是察觉不到的。

“真遗憾，”我对他说道，“今天晚上，在卢旺达花园广场没有聚会，像从前一样……”

他好像被我的话震住了。他朝我粲然一笑。

“您永远也摆脱不了您那永恒轮回的顽念……”

现在我们在人行道上来回踱步，每次我们的脚步都把我们带到孔岱亲王皮具店前面。

“有一天晚上，因为您家里停电，您就在黑暗之中跟我们讲话，您还记得那天晚上吗？”我问他。

“不记得了。”

“有件事情我要向您坦白交代。那天晚上，我差点就狂笑不止。”

“您应该顺其自然的，”他用责备的语气对我说道，“笑声具有感染力。假如您当时笑了，我们本来也可以在黑暗中狂笑一阵的。”

他从外套里头的口袋里掏出一个记事本，从上面撕了一页纸下来。

“我把我在墨西哥的地址给您。您真的必须去那里看我。”

他突然使用命令的口吻，仿佛想把我带去那里，让我获得救赎，把我从我自己的藩篱中解救出来。把我从现在解救出来。

“而且，我在那里继续举办聚会。您来吧。我相信您。”

他把那张纸递给我。

“我的电话号码也写在上面了。这一次我们可别错过。”

上了汽车后，他再次从车门降下的玻璃窗里探出身子。

“告诉我……我经常想念露姬……我一直不明白为什么……”

他非常激动。这个说起话来一直快言快语、滔滔不绝的人，现在却不知道如何措辞。

“我跟您说这些真的很愚蠢……没有任何东西是需要

弄明白的……当一个人真心实意地喜欢某个人时，就应该接受他隐藏在内心深处的秘密……我们爱他，正是因为那些东西……不是吗，罗兰？”

他突然启动马达，可能是为了迅速终止他流露出的激动。还有我的。离开之前，他没忘记对我说：

“希望很快就能再见，罗兰。”

我独自一人站在孔岱亲王皮具店前面。我把脸贴在玻璃橱窗上，想看看是否还留下咖啡馆的一点痕迹：一面墙，里面那扇通往挂在墙上的电话的门，还有那座通往夏德利夫人的小套房的螺旋型楼梯。里面已经面目全非了，变得光溜溜的，蒙上了一层橘黄色的布。在这个街区里，到处都是这样。这样也好，至少不用担心会碰到那些幽灵。那些幽灵本身也死了。从马比庸地铁站里出来的时候不用担心任何事情。再也没有拉贝格拉，再也没有坐在玻璃窗后的墨塞里尼了。

我迈着轻盈的脚步往前走，就好像我在一个七月的夜晚到达一个外国城市一样。我开始用口哨吹奏一首墨西哥歌曲。但是这种伪装出来的无忧无虑并没有持续太久。我沿着卢森堡公园的栅栏往前走着，《墨西哥牧人之歌》中的迭句“*Ay Jalisco No Te Rajes*”（啊，哈利斯科[1]，不要放

[1] 哈利斯科是墨西哥东南部一个州。

弃！）在我的嘴唇上消失了。一排可以让我们享受阴凉的遮天蔽日的大树一直长到圣米歇尔街那边的公园入口，其中的一棵大树的树干上张贴了一张布告。“这棵树很危险。它最近会被砍伐。从今年冬天起，它将被别的树取代。”有那么一阵子，我还以为自己做了一个噩梦。我站在那里，把这张布告读了一遍又一遍，呆若木鸡。一个路人走过来问我：“先生，您不舒服吗？”然后，他走远了，看见我那专注的目光，他可能很失望。在这个我越来越觉得是个幸存者的世界上，他们连树木也不放过……我继续往前走着，试着分心想别的事情，但我做不到。我忘不了这张广告和这棵被判死刑的树。我寻思着法庭成员和刽子手的脑袋是什么样子。我恢复了平静。为了安慰自己，我想象着居伊·德·威尔正走在我身边，用他那柔和的声音对我说：“……不是那么回事的，罗兰，您做了个噩梦……他们是不会对树木施行斩首的……”

我已经过了卢森堡公园入口的栅栏，拐进了通往王家港的那条林荫大道。一天晚上，我和露姬陪一个与我们同龄的小伙子从这里经过，我们是在孔岱认识他的。他指着右边矿业学校的那栋大楼，用难过的声音对我们说，他就是那所学校的学生，好像他如此坦白让他心里很不是滋味一样。

“你们觉得我应该在那里待下去吗？”

我感觉到他在等待我们给他鼓气，帮他跨出这一步。我对他说："算了吧，我的老弟，别待在那里了……逃走吧……"

他把目光转向露姬。他还要听她的建议。她跟他解释说，自从她被于尔－费里中学拒之门外后，她就很不相信学校了。我相信我们的话让他最后下定了决心。第二天，他在孔岱对我们说，矿业学校对他来说已经结束了。

经常，她和我，我们一起从这条路走回她住的宾馆。走这条路绕了弯子，但是我们已经习惯走路了。真的绕弯子了吗？没有，我仔细一琢磨，觉得一条直达路线是通往地底下的。晚上，沿着丹福－罗西洛大街往前走，我们就像走在一座外省的城市，因为那里静悄悄的，教会济贫院所有的大门一扇紧挨一扇。有一天，我顺着那条一边是梧桐树一边是高墙，把蒙帕纳斯公墓一分为二的街道前行。那条路也通往她所住的宾馆。我记得她宁可避开它，也正是由于这个原因，我们才从丹福－罗西洛绕道。但是，最后那段时间，我们什么也不怕了，我们觉得这条把公墓割开的街道在梧桐树盖下还是颇有吸引力的。那个时候，没有一辆汽车驶过，我们也见不到一个人影。我忘记把它记在中立地区的那张名单上了。那里更像是一个边境。当我们走到路的尽头时，进入到一个能让我们躲开一切的地域，在那里任何东西也不会侵扰我们。上个星期，我走在那里的时候不是晚上，而是黄昏时分。自从我们一起从那里走过或者我去宾馆找你之后，我就没再回去过。有一会儿，我出现了一个幻觉，觉得自己可以在墓地的那边再找到你。那边，也许就是永恒的轮回。跟以前在宾馆前台拿你的房门钥匙一样的手势。同样陡峭的楼梯。同样白色的标着11号的房门。同样的期待。过后，是同样的朱唇，同样的芳香和同样的如瀑布般倾泻的秀发。

我依然能听见德·威尔在谈到露姬时跟我说过的话：

"我一直不明白是为什么……当一个人真心实意地喜欢某个人时，就应该接受他隐藏在内心深处的秘密……"

什么样的秘密呢？我确信我们都是同一类人，彼此声气相通，因为我们经常有心灵感应。我们都是处在同一个波长上。同年同月出生。然而，必须承认我们之间有不同的地方。

不明白，我无论如何也弄不明白……尤其是，当我回想起最后那几个星期的时候。十一月份了，日子一天天地短起来，天上下着绵绵秋雨，所有这一切好像都不能动摇我们的精神状态。我们甚至做了旅行计划。再则，孔岱弥漫着一种欢天喜地的气氛。我不记得孔岱的常客之中是谁把那个鲍勃·斯多姆带了过来，此人自称是安特卫普的诗人和导演。也许是阿达莫夫？或者莫里斯·拉法艾尔？那个鲍勃·斯多姆，他让我们笑得肚皮都痛了。他喜欢露姬和我。他希望我们两个到他在马略卡岛的大房子里去消夏。从表面上看，他好像衣食无忧。有人说他收藏名画……人们说了好多事情……然后，那些人在某一天消失了，人们才发现对他们一无所知，连他们的真实身份都不知道。

鲍勃·斯多姆那厚实的身影经常返回到我的记忆之中，是如此铭心刻骨，究竟是为什么？在人生最愁闷的时刻，经常会出现一个不和谐的轻浮的音符，一张弗拉芒小丑的面孔，一个过客一样的、也许可以驱除不幸的鲍勃·斯多姆。他站在吧台那里，仿佛店里的那些木椅子在他的重压下会垮掉一样。他的身材异常魁梧，因此他的肥胖是看不出来的。他总穿着一件紧身天鹅绒短上衣，黑色的衣服与他红色的大胡子和头发对比强烈。我们看见他的第一个晚上，他径直朝我们的桌子走来，凝视着我们，凝视着我和露姬。然后，他微微一笑，俯下身子悄悄对我们说："患难之交啊，希望你们度过一个愉快的夜晚。"当他发现我熟悉大量诗作时，他想跟我进行比赛。谁坚持到最后谁赢。他为我背一首诗，我就得为他背另外一首诗，如此循环下去。比赛持续了非常长的时间。我在这方面没有任何优势。我属于某种类型的文盲，一点大众文化也不懂，但是能记住一些诗，就像那些在钢琴上什么曲子都能来一点，但并不懂普通乐理的演奏者一样。鲍勃·斯多姆在这方面比我有优势：他还熟悉英国、西班牙、弗拉芒诗歌的所有诗集。他站在吧台前，背了一首诗向我发出挑战：

我听到黑压压的马群来临，长鬃毛抖动①

或者：

就像一堆死狗群中
所有那些被人遗忘的尸体②

要不就是：

市长有错
我们的经验教训，他的内疚与悔恨③

他有一点讨人嫌，但他是个非常正直的人，年纪比我

① 爱尔兰诗人叶芝（1865—1939）的诗作《他让爱人平静下来》的第一句，原文为英文。
② 西班牙诗人洛尔迦(1898—1936)的诗作《灵魂消失》中的诗句，原文为西班牙文。
③ 比利时弗拉芒诗人让·凡·尼基仑（1884—1965）的诗句，原文为荷兰语。

们大出一大截。我也许更喜欢他跟我讲述他从前的生活。回答我的问题时，他总是含糊其辞。当他感觉我们猎奇心理过于强烈的时候，他的满腔热情顷刻之间就冰消雪融，仿佛他有什么事情要隐瞒或者想搞乱线索。他不做回答，最后以爆笑来打破沉默。

在鲍勃·斯多姆家举办过一场晚会。他邀请露姬和我，还有其他人：安妮特、堂·卡洛斯、保龄、扎夏里亚、米海依、拉欧巴、阿里·谢里夫，以及那个被我们说服不再去矿业学校的年轻人。还有其他的宾客，但我都不认识。他住在安柔河堤路的一套公寓里，上面那层楼是一个十分宽敞的工作室。他在那里接待我们，朗读一部他想上演的剧本：《走开，先生！》我们俩比其他人到得早，照亮工作室的那些枝形大烛台、挂在梁上的西西里木偶和弗拉芒木偶以及文艺复兴时代的镜子和家具着实把我震住了。鲍勃·斯多姆穿着那件黑色的紧身天鹅绒上衣。一扇大玻璃窗朝向塞纳河。他一手搂着露姬的肩膀，一手搂着我的肩膀，显出一副保护人的架势，跟我们说了那句口头禅：

患难之交啊

希望你们度过一个愉快的夜晚

然后，他从口袋里掏出一个信封，把它递给了我。他跟我们解释说那是他在马略卡岛上的那所房子的钥匙，他要我们尽可能快地赶到那里。然后在那里一直待到九月份。他觉得我们的气色非常不好。多么奇怪的晚会啊……那部剧本只有一幕，演员们念得很快。我们围坐在演员周围。在演员朗读台词期间,时不时地,我们要按照鲍勃·斯多姆的手势一起喊："走开，先生！"就好像我们属于一个合唱团一样。酒可以放开肚皮狂饮。还有其他的有毒物质。楼下的一间大客厅里已经摆好了冷餐。鲍勃·斯多姆本人亲自往那些有盖高脚杯和水晶杯里倒酒。人越来越多。斯多姆找了个时机把我介绍给一个和他同龄但比他矮得多的男子，一个名叫詹姆斯·琼斯的美国作家，斯多姆说他是跟他住"同一层楼的邻居"。最后，露姬和我，我们都弄不大明白，我们夹在所有这些陌生人中间，到底想干什么。我们在步入人生的初期交往的那么多人，他们永远也不会记住，我们也永远不会再认出他们。

我们朝出口走去。我们相信没有人会发现我们从这么多喧嚷的人群中悄然离去。可是，当我们刚跨过客厅的门，斯多姆就走到了我们身边。

"哎呀……孩子们，你们要不辞而别吗？"

他的脸上挂着惯常的微笑，这种微笑加上他的大胡子和魁梧身材，让他很像文艺复兴时期或者伟大的十七世纪的某个大人物，鲁本斯或者白金汉公爵。但是，他的眼神中掠过一丝忧虑。

“你们是不是觉得特别乏味啊？”

“哪里的话，”我对他说道，“‘走开，先生！’非常精彩呀……”

他把两只手搭在露姬和我的肩膀上，就像先前在工作室里做的动作一样。

“去吧，我希望明天再见到你们……”

他搂着我们的肩膀，把我们一直送到大门口。

“尤其是，赶紧出发去马略卡岛，去那里透透气……你们需要新鲜空气……我已经把房间的钥匙给了你们……”

在楼梯平台上，他久久地凝视着我们俩。然后，他背了一句诗：

天空恰似一个穷困马戏场那撕烂的帐篷。①

露姬和我，我们下了楼梯，他倚着楼梯扶手，站在那里。他等着我回他一句诗，就像往常一样。但我什么诗也想不

① 原籍瑞士的法国诗人布莱兹·桑德拉斯（1887—1961）的诗句。

起来了。

我觉得自己把那些季节都弄混淆了。几天之后，我陪露姬去奥特依。我觉得那是在夏天，要不就是在冬天，一个天气寒冷、阳光明媚、天空蔚蓝的明净的上午。她想去看望居伊·拉维涅，她母亲生前的朋友。我喜欢在外面等她。我们约好"一个小时之后见"，在汽车修理厂所在的那条街的街角。我相信我们已经有了离开巴黎的想法，因为鲍勃·斯多姆留给我们的那串钥匙。有时候，一想到有些事情可能会发生但是实际上并没有发生时，心会揪得紧紧的，但是，我思忖，直到今天，那所房子依然空无一人，依然在等待着我们光临。那天早上，我很幸福。有些飘飘然。我甚至感觉到有些沉醉。地平线远在天边，通往无限。一条静谧街道尽头的一家汽车修理厂。我好后悔没有陪露姬去拉维涅那里。说不定他还会借一辆汽车给我们南下呢。

我看见她从汽车修理厂的那扇小门里走出来。她朝我打了一个手势，跟那一次的手势完全一样，那年夏天，我在河堤路上等着她和亚娜特·高乐，她朝我打的就是这种手势。她迈着同样有气无力的脚步朝我走来，就好像她在放慢步子，仿佛有的是时间。她挽着我的胳膊，我们一起在这个街区散步。有朝一日我们将会住在这个街区。再说，我们一直都住在这个街区。我们沿着那些小街往前走，我们穿过了一个寂静无人的圆形广场。奥特依村慢慢地从巴黎剥离出去。这些赭石色或者米色的楼房可以出现在蓝色海岸，而这些墙壁让人猜想那后面是否藏着一个花园或者一片森林的边缘。我们走到了教堂广场，到了地铁站前面。走到那里的时候，我现在可以说我已经没有任何东西要失去了：我平生第一次感觉到这就是永恒轮回。此前，我一直在努力阅读这一主题的作品，自学的热情很高。正好在走下奥特依教堂地铁站的楼梯之前。为什么会在这个地方？我一点也不明白，这已经无关紧要了。我一动不动地待了片刻，我抓住了她的手臂。我们一起待在那里，在同一个位置，进入永恒，而我们穿越奥特依的漫步，我们已经在成千上万个别的人生中经历过了。没有必要看我的手表。我知道时值正午。

是在十一月份出的事。一个礼拜六。上午和下午，我都在阿根廷街撰写那篇关于中立地区的文章。我想在那四页纸的基础上再充实内容，至少写到三十页。会像滚雪球一样，我也许可以扩充到一百页。我和露姬约好下午五点钟在孔岱见面。我已经决定最近几天离开阿根廷街。我觉得自己童年和青少年时期的伤口已经彻底痊愈了，从今往后我没有任何理由躲藏在一个中立地区了。

我一直走到了星形广场地铁站。那是露姬和我，我们去参加居伊·德·威尔的聚会时，经常乘坐的线路，也是我们第一次步行走过的线路。过塞纳河的时候，我发现在天鹅林荫路上有许多散步的人。在拉莫特－比凯－格雷纳站换乘。

我在马比庸下车，朝拉贝格拉方向看了一眼，我们一直都是这么做的。墨塞里尼没有坐在玻璃窗后面。

当我走进孔岱的时候，挂在墙上的那个圆挂钟的指针正好指向五点钟。通常情况下，这个时候是孔岱的低峰时间。桌子都是空的，只是靠门的那张桌子旁坐着扎夏里亚、安妮特和让－米歇尔。他们三个人都朝我投来异样的目光。他们一言不发。扎夏里亚和安妮特的脸上都没有血色，可能是由于从玻璃窗那里映照下来的阳光的缘故。我跟他们打招呼问好的时候，他们没有回应。他们用异样的目光盯着我，仿佛我做了什么见不得人的坏事。让－米歇尔的嘴唇挛缩着，我感觉他想跟我说话。一只苍蝇落在扎夏里亚的手背上，他紧张地把它赶走了。然后，他拿起酒杯，一饮而尽。他站起身，朝我这边走来。他用苍白的声音对我说："露姬。她从窗户那里跳了下去。"

我害怕走错路。我从拉斯帕和横穿公墓的那条街道走过。走完那条街之后，我不知道是应该继续往前走，还是应该走福瓦德沃街。从那一刻起，我的人生有了一个缺憾、一个空白，它带给我的并不只是空虚的感觉，而是我的目光不能承受。那个空白整个地用它那强烈的辐射光刺得我睁不开眼睛。这种局面将永远持续下去，直至人生的尽头。

过了很久，我才赶到布鲁塞医院，我待在等候室里。一个五十岁上下、穿着人字斜纹外衣、留平头的灰发男子也坐在一张长椅上等候着。除了他和我之外，没有任何人。

护士走过来对我说她已经死了。他走到我们身边，仿佛这事和他有牵连。我想他就是居伊 · 拉维涅,她母亲的男友，她经常去奥特依的汽车修理厂看他。于是，我问他：

“您是居伊 · 拉维涅？”

他摇了摇头：

“不。我名叫皮埃尔 · 盖世里。”

我们一起从布鲁塞走了出来。外面已是夜色苍茫。我们并肩走在狄德罗街上。

“那么您呢，我猜想，您是罗兰？”

他怎么会知道我的名字？我吃力地走着。出现在我眼前的是那白晃晃的辐射光……

“她没留下任何信件吗？”我问他。

“没有，什么也没留下。”

是他把事情前前后后都跟我说了。她当时在一个人称“骷髅头”的亚娜特 · 高乐的房间里。可他怎么知道亚娜特的绰号？她走到阳台上。她一只脚跨过了阳台栏杆，亚娜特试图抓住她的睡裙裙摆把她拉住。可是已经来不及了。跳下去之前，她还说了一句话，好像在喃喃自语地给自己壮胆：

“都准备好了。你尽管去吧。”

· 译后记 ·

镶嵌在丰碑作品上的璀璨宝石

金龙格

一

《青春咖啡馆》出版于二〇〇七年，是法国当代文坛重要作家、一九七八年龚古尔奖及一九九六年法国国家文学奖等多项大奖得主帕特里克 · 莫迪亚诺创作的第二十五部作品。该书赶在法国当年的秋季书潮档期出版，很快就从数百部小说中脱颖而出，创下两周内销售十万册的纪录，一时间红透了法兰西的天空，一位法国评论家充满深情地说："人生的幸福有多种，守望莫迪亚诺小说新作出版即是其中之一。"这句话没有煽情的成分，只是道出了广大书迷对作家的崇敬之情。之后，《青春咖啡馆》被法国颇具文化影响力的《读书》杂志评选为"二〇〇七年度最佳图书"，获奖评语是："显而易见，六十二岁的莫迪亚诺是法国当代最伟大的作家，他的最新力作《青春咖啡馆》即是最显赫的证明，尽管这是一本庄严、伤感的书，结尾的音符甚至很悲怆。这家位于巴黎奥黛翁街区的咖啡馆把我们带回了六十年代……这是一部描写神奇巴黎和迷失主题的富有魔力的书。是镶嵌在莫迪亚诺无与伦比的、丰碑式的全部作品上的一颗璀璨夺目的宝石……”

二

在巴黎塞纳河左岸的拉丁区，靠近卢森堡公园北侧的奥黛翁，有一家名叫孔岱的咖啡馆，它像一块巨型磁铁一样，吸引着一群十八到二十五岁的年轻人。这是一群流浪的年轻人，正如咖啡馆的老板娘所说，他们就像是一群“流浪狗”；他们“四处漂泊、居无定所、放荡不羁”，过着今朝有酒今朝醉的日子，从不考虑未来；他们中有作家、艺术家、大学生，他们沉迷于酒精和毒品，其中有很多人都跟警察“打过交道”，但在塞纳河左岸的这个文化区，他们像当时的知识分子一样，享受着文学和艺术的庇护。

在这些客人当中，有一个名叫露姬的二十二岁女子特别引人注目，她光彩夺目，就像二十世纪五六十年代在银幕上出现的那些光芒四射的女影星。对于她，人们知之甚少，连露姬都不是她的本名。她是从哪里来的？她有着怎样的故事？她的迷人光芒之后隐藏着怎样不为人知的秘密？她是不是在逃避什么？故事围绕这名年轻女子的失踪展开。四个叙述者纷纷登场，他们都以第一人称“我”的口吻向读者娓娓讲述露姬的短暂人生经历。

第一个叙述者是巴黎高等矿业学校的一名大学生。叙述者一开始就交代了露姬的出场：某天晚上，一个谁也不认识的年轻女子独自一人坐到了咖啡馆的一张桌子旁。咖啡馆的那些常客接纳了她，并给她取名为“露姬”。然后，这个审慎的匿名大学生试着回忆一个比较遥远的年代以及他在孔岱咖啡馆里的所见所闻，他给我们做向导，带着我们认识了咖啡馆里的常客，比方说塔尔赞，拉欧巴，堂 · 卡洛斯，阿里 · 谢里夫、扎夏里亚，瓦拉医生。这群客人当中，一个名叫保龄、人称“船长”的客人连续三年记录了孔岱咖啡馆的客人到达的时间和他们的住址，他离开法国的时候把这个笔记本留给了叙述者。拿到这个笔记本之后，他日复一日地翻阅着，希望从中找到露姬的踪迹。他的叙述向我们展示了露姬的神奇魅力：她是一个蓝眼睛的棕发女子，她的手指修长，指甲熠熠闪亮；照片上的她总是像影星一样光芒四射；她喝酒时，“上身挺得笔直，动作慢条斯理的，很是优雅，嘴角上挂着一丝几乎察觉不出来的微笑，”也许是因为她的存在，“才使得那家咖啡馆和那里的人都显得那么另类，仿佛是她用自己的芬芳把他们都浸透了”。从他的叙述中，我们得知露姬是一个谨慎的女子：“她总是一言不发，谨小慎微，甘当他们的听众。”她像咖啡馆里的客人一样，喜欢上了阅读，手上总拿着一本《消失的地平线》；但她的衣着非常讲究，跟孔岱的其他客人形成鲜明的反差。至于她为什么要来孔岱，叙述者做了一番推测：“她到孔岱这里，是来避难的，仿佛她想躲避什么东西，想从一个危险中逃脱”，也可能是因为她已经与她的一整段人生彻底决裂了，因为她想“脱胎换骨”。但她到底为什么要与过去决裂呢？

第二个叙述者名叫盖世里，以前在情报部工作过，咖啡馆里的客人都以为他是出版社的美术编辑，但他实际上是私家侦探。他的叙述也是从这个年轻女子开始的，一个名叫让－皮埃尔·舒罗的人寻找妻子，他妻子雅克林娜离家出走都几个月了，没有任何音信，便委托盖世里去查找。盖世里乘地铁去诺伊利与雅克林娜的丈夫让－皮埃尔·舒罗见面，那是在布洛涅森林和塞纳河之间，舒罗住在一个安静街区的一栋现代化的大楼里。据他本人交代，他是在自己的房地产公司里遇见雅克林娜的，她是他的秘书，为了“建立关系”，他和她结婚了。但是婚后，雅克林娜觉得丈夫很无趣，“不懂得什么是真正的生活”，终于下狠心离家出走。盖世里利用情报部的老关系，很快就查到了这个年轻女子的身份。她于二战期间出生于索洛涅，没有父亲，由母亲单独抚养，母亲后来在红磨坊当服务员。母亲晚上上班，总把她丢在家里，她一个人孤零零的，觉得很害怕，受不了寂寞和恐惧，便开始离家出走，在大街上闲荡，寻找“外遇”，由此开始尝试毒品的致命的诱惑，两次因为“未成年流浪”被警察抓走。盖世里去了雅克林娜离开丈夫后在十四区所住的萨瓦宾馆，了解到雅克林娜就是经常出入孔岱咖啡馆的露姬。一个阳光明媚的秋日，盖世里乘坐北南线地铁，来到皮嘉尔，去了雅克林娜做姑娘的时候生活过的地方，十八区的拉谢尔大道。盖世里感觉自己在走近雅克林娜，他思索着她逃跑的动机，怎么逃，逃往哪里，怎么开始，结果又怎样。这个孤独脆弱、捉摸不透的年轻女子的故事深深打动了他，于是他决定放弃侦察任务，不再追寻她的秘密，不再干扰她的生活。

第三个叙述者是露姬本人，她亲自讲述她在十八区度过的童年，她的离家出走。这一章是整部作品的关键，在这里，雅克林娜部分回答了自己为什么总想逃，也部分回答了那名大学生和盖世里一直在苦苦思索的问题，读者终于可以从她本人的叙述中接近这个谜一般的女人。雅克林娜回忆了她在拉谢尔大道 10 号度过的童年和少年时光，那是在克里希林荫大道和考兰古街之间，靠近蒙马特公墓。晚上，母亲总不在家，她趁母亲晚上上班之际，偷偷溜到外面闲逛，沿着或者绕着克里希大街游荡。她喜欢走左侧隐没在黑暗之中的人行道，因为另一侧的灯光招牌和霓虹灯令她恐惧。警察两次抓到她，一次在九区，一次在十八区。夜游的时候，她碰到了两个人，一个男人和一个女人，两个人都给她提供战胜恐惧的“良药”。女的名叫亚娜特，绰号叫“死人头”，让她尝试吸“雪”—— 一种毒品，这种“雪”让雅克林娜产生一种神清气爽的感觉，吸过之后她不再感到恐惧，仿佛恐惧一去不返了。另一个是克里希林荫大道的书店老板，他专卖科幻和天文学书籍，还送了一本《无限之旅》给雅克林娜，让她体验到阅读的乐趣。她解释了自己为什么总想逃走：“每次我和什么人断绝往来，我都感觉到一种沉醉。”不管是少年时代离家出走，还是从丈夫家里逃走，她每一次逃跑都感到同样的沉醉，就像在梦中一样。

第四章和最后一章是露姬的情人罗兰的自述，由罗兰讲述他和露姬的淳朴温柔的爱情。罗兰是一个在巴黎寻找“中立地区”或者“无人地带”的刚入门的作家。他和露姬在一个名叫居伊·德·威尔的人组织的聚会上相遇，德·威尔是个神秘学家，也像是一群年轻人的精神导师，他推荐露姬阅读两本书，一本是《消失的地平线》，一本是《不存在的露易丝》。罗兰和露姬从相识到相爱，他的叙述中几次提到他很幸福，而在一个美丽的夏日，露姬在塞纳河边，“在阳光下，在静谧中，款款朝我走来”的身影也变成了永恒的美妙瞬间定格在记忆之中。但是，即使是在这些所谓的“中立地区”，他们也并不觉得安全，雅克林娜频繁光顾的拉丁区勾起罗兰痛苦的回忆，而十六区又太靠近她丈夫在诺伊利的寓所。于是他们俩开始谋划到国外去旅行。但没隔多久，露姬突然跳窗自杀，故事到此结束。这一部分交织着罗兰种种或美好或痛苦的回忆和感受，在露姬死后很长一段时间里，罗兰在通往露姬生前居住过的那家旅馆的街上散步，还常常听见露姬呼唤他的声音，叙述过程中，罗兰突然改变人称：“有一刻我有一种幻觉，觉得在公墓的另一头可以再次见到你……”道出了罗兰一往情深的爱恋。

三

《青春咖啡馆》里的故事发生在二十世纪六十年代初的巴黎，作者开篇引用了一段话：“在真实生活之旅的中途，我们被一缕绵长的愁绪包围，在挥霍青春的咖啡馆里，愁绪从那么多戏谑的和伤感的话语中流露出来。”这段充满悲情色彩的题铭引自“国际情境主义者”的创始人之一居伊·德波拍摄的电影《我们一起游荡在夜的黑暗中，然后被烈火吞噬》里的独白。国际情境主义者认为，“在这个被商品和景观统治的社会中，创造精神和人生梦想失去了自己的家园，人生活在这样的环境里感到窒息”，所以他们主张用创造生活取代“被动生活”，呼吁“毫无拘束地生活、毫无节制地享受”和游戏人生，并进行人生的“漂移”。居伊·德波在《漂移理论》一书中指出，漂移是“一种快速通过各种环境的技巧”，是指对物化的城市生活，特别是建筑空间布局的凝固性的否定。按照这种指导思想，德波和国际情境论者放下各种社会关系，在巴黎、伦敦、罗马、布鲁塞尔等欧洲大陆的许多城市乡村开始漂移实践活动，旨在使自我从无聊的模式化的日常生活中解放出来，他们的思想对知识分子和大学生产生了广泛的影响。《青春咖啡馆》故事发生在六十年代初，正是情境主义者活动最如火如荼的时期。作品中的人物似乎都在按照情境主义者的规则生活着，跟那些情境主义者一样，他们都认为工作和学习是束缚人的，“永远也别工作”，写在墙上的标语非常醒目。四个叙述者在讲述露姬人生故事的同时，也在城市的各个方向游荡，露姬的短暂人生实际上也是一个神秘脆弱、捉摸不透的女人在六十年代的巴黎漂移的经历。再加上这部作品中有许多真实人物出现，比方说阿瑟 · 阿达莫夫，奥利维尔 · 拉隆德，莫里斯 · 拉法艾尔，他们的出现使小说具有一定的历史真实性，于是这部作品像莫迪亚诺的大多数作品一样，显示出历史小说的特点。但与历史小说不同的是，作者并没有致力于对历史事件做明确的分析和描述，也从不在作品中提及这些历史事件，作者在这部作品中并没有直接描写那些国际情境主义者，没有对他们的生活方式进行研究探讨。他感兴趣的是在这种历史背景之下人们的精神状态和追寻。他的小说具有历史小说的一些特点，但并没有局限于历史小说的创作手法；他对于历史事件的接近不像历史学家，但这并不妨碍其作品中的历史价值，因为他用文字把他那一代人的集体记忆做了如实的记录，这也使得他篇幅不长的作品富有历史的厚重感。

这同时也是一部悬念小说。莫迪亚诺坦陈他非常喜欢比利时侦探小说家乔治 · 西默农的作品，读过大量西默农的侦探小说，在他自己的创作中也掺入了侦探小说的元素。他的作品就像侦探小说一样，通过对一些形迹可疑的小人物的描写，渲染暧昧不明、紧张刺激的神秘气氛。书里的人物身份常常不清不楚，他们常常在寻找某个人或者某样东西。但是，假如把他的作品当成侦探小说来阅读，到最后肯定会失望，因为读者永远也找不到那些已经提出来的问题的答案，到了结尾仍然是一个让读者会觉得迷茫的巨大谜团。他让读者去猜测可能会发生什么事情，但他并不会把这些事情说清楚，而这正是伟大作品的特色：让人读完作品之后感觉余味无穷，因为作者没有表达出来的东西更能引发人们思考，因为“一部作品中最重要的，正是没有说出来的部分”。作品中的叙述者永远也抵达不了一名侦探所能抵达的目的地，而在《青春咖啡馆》中，那名私家侦探为了不打扰雅克林娜的生活，甚至主动放弃侦察。正是借助了侦探小说的创作手法，莫迪亚诺成功地在其作品中营造了一种侦探小说的气氛，重新营造出他所描述的那个时代的朦胧氛围，使作品充满迷人的情调。

像莫迪亚诺的其他小说一样，《青春咖啡馆》的自传色彩也非常鲜明。莫迪亚诺在创作的时候，常常借用自己生活中的一些细节，其作品大都以第一人称来叙述。对于莫迪亚诺来说，一个作家写自己的亲身经历是不可避免的事情：“一个作家要么写自己亲身经历的事情，要么写一些完全虚构的事情……但是，即使是完全虚构的事情，也必须采用真实生活中的某些元素，然后使它们变奏。”莫迪亚诺借给他的叙述者的东西有时是他本人的年龄，有时是他的出生地，有时是他的职业和家庭状况，以及他生活中经历的其他细节，譬如童年时父亲的缺失、母亲总在巡回演出顾不着家、哥哥的死等，在早期作品《户口簿》中，他甚至把自己的姓名、确切的出生日期都给了叙述者。在阅读《青春咖啡馆》的时候，我们会觉得莫迪亚诺既是那名大学生，也是那个逃跑的露姬，是她的情人罗兰，是私家侦探盖世里，每个人物身上都有作者自己的身影。他把自己少年时的恐惧和游荡放到了雅克林娜身上，而故事大部分发生在九区和十八区，作者很小的时候就去过那里，当时他母亲在封丹剧院演一个小角色，那个由斜坡组成的街区给他留下了强烈的印象。“我十二岁到十五岁之间，由于父母亲关系不好，我就经常从家里出逃，放任自流地在巴黎闲荡，我去了许多危险的、我那种年龄的孩子不该去的地方，有些街区一直让我感到恐惧，那种冲击非常强烈，我在这本书中就表达了这种冲击。”“ 我的童年让我感到恐惧，但是有一些人的形象给我留下了强烈的印象，并深深地镌刻在我的记忆之中，”比方说那个经常来照看莫迪亚诺的年轻的女邻居。“那时我八九岁，我的父母亲常把我托付给这个非常善良的女邻居，那是一个二十岁的学美术的女孩，她有时帮我编一些借口让我逃学，带我到一些奇怪的地方，福尔街的一家咖啡馆，那里有她的同龄人，都是些边缘人物，跟花神咖啡馆和双偶咖啡馆里的顾客很不一样。 有一天，我知道她的一位女友自杀了。”这名自杀女子即是露姬的原型。而作品中露姬的吸毒经历跟作者幼年时的经历也有关系，作者五岁的时候曾遭遇一场车祸，为了减轻痛苦，医生让他吸过乙醚，吸过后产生的那些幻觉和那种气味给他留下强烈的印象，并一直追随着他。但是，尽管作者与叙述者有许多相像的地方，但《青春咖啡馆》不是自传作品，因为他的生活经历在作品中所占的比例非常有限，虚构的成分仍占主导地位。

作品中还采用了大量的象征手法。可以说，象征手法是莫迪亚诺作品最重要的艺术特征，作者擅长通过某一形象表现出深远的含义。小说开始时写道：“那家咖啡馆有两道门，她总是从最窄的那扇门进出，那扇门被人称为黑暗之门”，“门”在这里就富有象征意义，它既是“窄门”，代表进入天堂的门（耶稣说：“你们要进窄门；因为引到灭亡，那门是宽的，路是大的，进去的人也多；引到永生，那门是窄的，路是小的，找着的人也少。”），又是“黑暗之门”，代表地狱之门，这黑暗之门又与雅克林娜的光彩照人形成反差，而她的别名 Louki 从词源看来自拉丁语的 Lux，代表着光明，也代表着作品人物对光明的向往与追寻。那么，孔岱咖啡馆到底是天堂还是地狱？露姬进入的到底是天堂还是地狱呢？第一章末尾，叙述者回忆起一个雨夜，孔岱的一名常客莫里斯·拉法艾尔送露姬和叙述者回家的经历，露姬住在蒙帕纳斯公墓的另一边，拉法艾尔说了一句：“那么，您住在地狱的边境啰？”地狱的边境指未受洗礼的儿童死后所去之处，住在那里的人由于没有接受过洗礼，进不了天堂。小说的末尾，雅克林娜纵身一跃跳窗而去，是去了天堂、地狱，还是地狱的边境呢？这同样是一个巨大的疑问。莫迪亚诺的处女作《星形广场》中所表现的“生活像场梦游”，第二部小说《夜巡》中“我自己不过是一只惊慌失措的飞蛾，从这个灯火飞向那个灯火”等象征，在《青春咖啡馆》里也得以延续。大量象征手法的运用赋予作品以深邃的寓意，创造出一种艺术意境，从而给读者留下咀嚼回味的余地，增强作品的表现力和艺术效果。

莫迪亚诺的作品总是将视野转回到从前的岁月，描写“消逝”的过去：“我无休无止地寻找一些失去的东西，寻找无法澄清的晦暗不明的过去、突然中断的童年，一切都源于同一种神经官能症，这种官能症就是我的精神状态。”《青春咖啡馆》描写了一个消逝了的时代，同样也展示了一个消失了的巴黎，“我生活过的巴黎以及我在作品中描述的巴黎已经不复存在了。我写作，只是为了重新找回昔日的巴黎，这不是怀旧，因为我一点也不怀念从前的经历。我只是想把巴黎变成我心中的城市，我梦中的城市，永恒的城市……我已经很难离开它了。”作者是个“老巴黎”，从十三区、十四区、十五区，到十七区，然后在蒙马特区住了许多年，住在离拉丁区不远的地方。作者经常穿行在迷雾一般的巴黎左岸右岸，写到巴黎自然驾轻就熟。在莫迪亚诺的作品中，对巴黎的地形描绘占据着非常重要的位置，因为作家笔下的人物都只是一些幽灵，是一些到处游走没有根基的人，惟一把他们留住的地方就是他们的生活场所。与作品中人物身份及行为的晦暗不明形成鲜明对比的是，《青春咖啡馆》的每一章里都有一两个明确地点，第一章位于六区的孔岱咖啡馆，直到最后一节叙述者才出发去十四区；第二章主要发生在十六区的诺伊利以及九区和十八区的交界处；雅克林娜自己的叙述位于九区和十八区。最后两章，又回到十四区。作品中有许多巴黎地名出现，精确的地名和位置赋予作品特别的意义，作者解释说：“我一想到什么人，就必须把他放在一个地方，一条街，一栋房子里，地名能让人想起许多事情。但是精确的地址并非服务于一部过于现实的小说，而是为了引发联想。”这种地形学和人文学的结合又能让人产生一种阅读旅行文学的感觉，在阅读这部作品的时候，我们仿佛身临其境，跟着作品的人物一起在巴黎畅游。

四

《青春咖啡馆》以一种既写实又神秘的笔调，交织谱出青春岁月的青涩、惶惑、焦虑、寂寞孤独与莫名愁绪，描写了一个弱女子从不断探寻人生真谛到最终放弃生命追寻的悲剧命运，这个悲剧发生在一个既有着迷人的魅力又像谜一样难以捉摸的年轻美丽女子身上，更使全书充满一种挥之不去的忧伤情调。书中的一句问话像哲学命题一样尤其发人深省："您找到了您的幸福吗？"，可是，人能找到自己的幸福吗？人终其一生到底能够得到什么？小说中的主人公什么都尝试过了，最终却似乎一无所获。莫迪亚诺的小说似乎在告诉我们，幸福只是昙花一现的东西，人生寻寻觅觅，到头来得到的只有落寞、失去、不幸、迷茫，只有时时袭来的危机与恐慌，只有萍踪不定的漂泊，只有处在时代大潮中身不由己的无奈和顾影自怜的悲哀。本书原书名为《Dans le café de la jeunesse perdue》，莫迪亚诺在接受法国《观点》杂志采访时，解释了 perdu 这个形容词的含义："perdu 在这里不是消失的意思，这里没有怀旧层面的意义。当青春……我不愿意用'毁灭'这个词，用'挥霍'更准确一些。我是在居伊·德波的作品中发现这句话的，另外兰波的诗'虚度的青春'也给了我启发……”译者在斟酌这本书的中文书名时，想起多年前读过的台湾作家张曼娟的一篇感人散文《青春并不消逝，只是迁徙》，受此启发，将书名译成《青春咖啡馆》，因为不管是挥霍也好，虚度也罢，青春是不会消逝的，它就像作品中的那株常春藤一样，会永远留驻在你我的梦中和记忆之中。

二〇〇九年七月十四日于桂林漓江畔

二〇一四年诺贝尔文学奖得主
莫迪亚诺作品系列（精装本）

1968 《星形广场》
1969 《夜巡》
1972 《环城大道》
1975 《凄凉别墅》
1978 《暗店街》
1981 《一度青春》
1986 《八月的星期天》
1990 《蜜月旅行》
1996 《来自遗忘的最深处》
1997 《多拉·布吕代》
2005 《家谱》
2007 《青春咖啡馆》
2012 《夜的草》
2014 《这样你就不会迷路》
2017 *Souvenirs dormants*
Nos débuts dans la vie

Patrick Modiano
八月的星期天
(法) 帕特里克・莫迪亚诺 著 黄晓敏 译

Patrick Modiano
蜜月旅行

Patrick Modiano
来自遗忘的最深处

Patrick Modiano
多拉·布吕代
(法) 帕特里克・莫迪亚诺 著 黄荭 译

Patrick Modiano
家 谱

Patrick Modiano
青春咖啡馆
(法) 帕特里克・莫迪亚诺 著 金龙格 译

Patrick Modiano
夜的草
(法) 帕特里克・莫迪亚诺 著 金龙格 译

Patrick Modiano
这样你就不会迷路

PATRICK MODIANO
NOS DÉBUTS DANS LA VIE
nrf
GALLIMARD

(即将出版)

PATRICK MODIANO
SOUVENIRS DORMANTS
nrf
GALLIMARD